神子じゃない方が、騎士団長の最愛になるまで

chi-co

22983

角川ルビー文庫

目次

口絵・本文イラスト／北沢きょう

プロローグ

「あれ？　森下先輩《もりしたせんぱい》っ？」

「え？」

コンビニでのバイトを終え、飲み物を買って外に出た森下祥也《しょうや》は、自身の名前を呼ばれて立ち止まった。振《ふ》り返った視線の先には、ブレザータイプの制服を着た高校生が立っている。その顔を見た瞬間《しゅんかん》、祥也は破顔していた。

「沙月《さつき》！」

二歳下の、高校の後輩《こうはい》。男子生徒が極端《きょくたん》に少なかった園芸部の中で、ほぼ皆勤《かいきん》だった自分に懐《なつ》いてくれていた。

卒業した当初は頻繁《ひんぱん》に高校に遊びに行っていたが、大学二年生ともなると講義が増え、バイトも忙《いそが》しくなって、その足は確実に遠のいてしまった。それでもふとした時に思い出していた懐かしい顔がそこにある。

祥也は足早に近づき、自分よりも頭一つ分低い顔を見つめた。

「久しぶりだな、元気だったか？」

「はい。森下先輩も」

嬉《うれ》しそうに笑っている後輩――河野《こうの》沙月は、園芸部の女子生徒から《子リスちゃん》と呼ばれていた面影《おもかげ》のままだ。フワフワした栗色《くりいろ》の髪《かみ》に色素の薄《うす》い目、何より男なのに可愛《かわい》いと感じる笑顔《えがお》は部内でも癒《い》やしの存在で、祥也も本当の弟のように可愛がっていた。

「こんな時間にどうしたんだ？」

時刻は午後十時を過ぎた頃《ころ》で、運動部でもなく、生真面目《きまじめ》な沙月が町中を歩いていることが不思議だった。すると、沙月は背後のビルを仰《あお》ぎ見ながら笑う。

「塾《じゅく》の帰りなんです。おかあ……母がバス停まで迎《むか》えに来てくれるんです」

どうやら塾はコンビニの二つ隣《となり》のビルにあるようで、バス停は通りの向かい側らしい。

「なんだ、こんなに近くだったんだ。俺はこのコンビニでバイトしてるんだ」

「えっ、全然知らなかったですよ」

本当に残念だというように口を尖《とが》らせる沙月は、相変わらず歳《とし》に見合わず幼い雰囲気《ふんいき》だ。

「親、もう来るのか？」

「え～と……まだ少しかかるかも」

「じゃあ待ってろ」

祥也はそう言いおいて再び店内に戻《もど》ると、沙月が好きだったリンゴジュースを買って戻る。

「ほら」

「……いいんですか？」

「バスの時間まで付き合ってもらうから」

「ありがとうございます」

話せる時間は短いだろうが、久しぶりに高校の時の気持ちを思い出せそうだ。勉強にバイトと、少しだけ詰《つ》め込み過ぎた毎日に息抜《いきぬ》きが出来そうで、祥也はおうと笑って沙月を促《うなが》した。

タイミングよく横断歩道の信号が青に変わった。

「行くぞ」

「はい……あ」

不意に、横断歩道の途中《とちゅう》で沙月が足を止める。

「沙月？」

「見てください、月が赤いですよっ」

「はあ？　その前に、早く渡《わた》るぞ」

ここの信号は変わるのが早い。交通量もまだ多いので、祥也は沙月の腕《うで》を掴《つか》んで軽く引っ張った。

（……月が赤い？）

その時、ふと沙月の言葉が頭を掠《かす》める。満月とかいうのならまだしも、月が赤く見えるなんてあるはずがない。

歩きながら何気なく空を見上げた祥也は、

「……赤い」

想像もしていなかったほど真っ赤な月に、思わず声が漏《も》れてしまった。

その瞬間、背筋にぞわりとした、何かわからない不可思議な感覚を覚えて、沙月を摑んだ手に力が籠《こも》る。

「せん……っ」

不自然な言葉の途切《とぎ》れに振り向く間もなく、

「!」

踏《ふ》み込んだ足元のアスファルトが一気に崩《くず》れたような感触《かんしょく》がして、落ちるという感覚と共にふっと意識が遠のいてしまった。

第一章

（……あ……つい……）

身体《からだ》がポカポカする。

今朝家を出る時は寒かったので着た厚手のジャケットだが、夜になって暖かくなったのだろうか。

（……よ……る？）

そこまで考えた祥也は、激しい違和感《いわかん》に囚《とら》われた。

バイトが終わった時、寒くて熱い缶《かん》コーヒーを買ったはずだ。店を出た時も、思った以上の寒さに震《ふる》えたはずだった。

生々しく覚えている皮膚《ひふ》感覚。しかし、今頰《ほお》に感じるのは暖かな風。記憶《きおく》と体感の大きな相《そう》違《い》に、祥也の意識は急速に晴れていった。

「……え？」

重い瞼《まぶた》を開いてみると、飛び込んできたのは――赤い月。

「あ、か……」

高い空には鮮やかな赤い月が出ていた。先ほど横断歩道の途中で見上げた月……いや、その時は周りの高層ビルも一緒《いっしょ》に視界に入ってきたはずだ。

「……え……えっ？」

飛び起きた祥也は、一瞬《いっしゅん》これは夢だと思った。さっきまでは都心の繁華街《はんかがい》にいたのに、今目に映っているのは鬱蒼《うっそう》とした木々だからだ。公園の植木や街路樹などではない、今にも飲み込まれそうな深い木々の、ぽっかりあいた空間に祥也は座り込んでいるのだ。

これだけ木々があればもっと暗いはずだが、赤い月が意外なほど辺りを明るく照らしている。

祥也は茫然《ぼうぜん》と空を見上げ、嘘《うそ》だろと呟《つぶや》いた。

「……ん……」

「……っ」

その時、微《かす》かな声がした。慌《あわ》てて視線を動かせば、少し離《はな》れた場所に誰《だれ》かが倒《たお》れている。その服装に、祥也は咄嗟《とっさ》に這《は》ったまま近づいた。

「沙月っ」

倒れているのは沙月だった。慌てて身体を抱《だ》き上げれば、小さな唸《うな》り声を上げる。その様子に生きているんだと深く安堵《あんど》した。

「……どこだ？」

沙月が倒れていた近くには、小さな池……いや、泉だろうか、それがあった。不思議と静謐《せいひつ》な空気がその場を支配していて、祥也はコクンと唾《つば》を飲み込んだ。

ここは、ついさっきまで自分たちがいた場所ではない。ただ、まったく見知らぬ場所に移動させられるほど、長く意識がなかった感覚もなかった。

祥也は沙月を腕の中に抱《かか》え直した。自分たちがよくわからない状況《じょうきょう》に追い込まれていることはいやでも感じるが、まずは腕の中の沙月を守るのが先決だ。

腕っぷしに自信があるわけではないものの、どちらが守られる存在かなんて愚問《ぐもん》だった。

（ここはどこだ？　今は……夜なのか？　でも、あの赤い月はどういうことなんだ？）

何かの現象で、月が赤っぽく見えることはあると、以前テレビの情報番組で見たことがあった気がする。だが、今頭の上にある月はあまりにも鮮やかな赤色だった。

現状把握《はあく》したいのに、何をどうすればいいのかわからない。

無意識に腕の中の沙月を強く抱きしめた時だった。

背後で、微かな音がした。

「……っ」

聞き慣れた雑踏《ざっとう》や車、電車などの音ではない。

警戒《けいかい》を強くして辺りを見ていると、やがて音はだんだんと大きくなってきた。これは草を踏みしめる荒々《あらあら》しいものだ。

ガサッ

「！」

大きく草が揺《ゆ》れる音がしたかと思うと、現れたのは大きな馬だった。

いや、馬だけではない、そこにはもちろん乗っている人物がいる。月を背にしているのではっきりした姿は見えないが、シルエットから男だというのはわかった。

「誰だっ」

怯《おび》えた様子は見せたくなかったが、問い詰める祥也の声は震えてしまった。誤魔化《ごまか》すように目の前の人物を睨《にら》みつけるが、それさえも相手に通じているのかわからなくて不安になる。

馬はゆっくりと近づいてきた。

（……二頭……）

近づいてくることにより、大きな馬の後ろにもう一頭馬がいることに気づく。

乗っているのは前の馬に乗っている者よりは、幾分《いくぶん》細身のシルエットだ。

「……ぱ、い？」

タイミング悪く、沙月の目が覚めた。まったく状況がつかめない中、仮にパニックになられてしまったら守るのも大変だ。

「沙月、少し黙《だま》ってろ」

「……え？」

ぼんやりとした声を聞きながら、祥也は一度大きく呼吸をする。そして、

「誰だ」

さっきと同じ言葉を、今度は震えずに言うことが出来た。

すると、馬は唐突《とうとつ》に止まり、前の馬から男が下りる。驚《おどろ》くほど明るい月明かりの下、ゆっくりと歩いてきた男の様子がようやく見えてきた。

「……え……？」

黒っぽい光沢のある色の詰襟《つめえり》に長袖《ながそで》のシャツに、ズボン。その上に、銀の刺繡《ししゅう》が入った、膝《ひざ》近くまである長いチョッキをなびかせている。詳《くわ》しくない祥也でも、その刺繡が緻密《ちみつ》で素晴《すば》らしいものだというのは感じた。

足元はブーツだ。乗馬用のように見えるが、編み上げの紐《ひも》がとてもお洒落《しゃれ》だ。

(この服……)

日本では到底《とうてい》見ないものだが、記憶のどこかに引っ掛《か》かる。それが何か考えた祥也は、あっと気づいた。歴史の教科書でよく似たものを見た覚えがあったのだ。

もちろん、そっくりではないが、中世ヨーロッパの貴族が着ていたような豪奢《ごうしゃ》な服装によく似たそれ。普段着《ふだんぎ》とは言えない服だが、それが気にならないほどの違和感がもう一つ……それは、腰《こし》に下げている長い棒、いや、剣《けん》だ。

(え？　ありえないだろ？)

例えば剣道をしているのなら、それが竹刀《しない》だと何の疑問もなく受け入れられる。だが、目の前にいる男はとても剣道をするような、そもそも日本人にはとても見えない外見だった。髪《かみ》は白か……銀か。目の色ははっきりわからないが、彫《ほ》りの深い顔は見るからに西洋人だ。言葉が通じるのか、その腰にあるのは本物の剣か。

ここはどこで、お前たちは誰だ。

知りたいことが多すぎて、何をどう言ったらいいのかわからない。

息を潜《ひそ》めるようにして相手を見ていると、視線が合う距離《きょり》になった時、男が少し驚いた表情になったのがわかった。何に驚いたのかはわからないまま、祥也たちの数メートル手前で立ち止まり、男はその場に片膝《かたひざ》をつく。突然《とつぜん》の行為《こうい》に驚いた祥也は、思わず沙月の腕《うで》を握《にぎ》りしめた。

「異なる世界より降りし方か」

低く響《ひび》く声に、間をおいてそれが日本語だと気づいた。だとすれば、ここは日本だろうかと一瞬思ったが、目の前の男はどう見ても外国人だ。

その彼が流暢《りゅうちょう》に日本語を話す違和感に不安を感じながら、祥也は恐《おそ》る恐る切り出してみた。

「おま……あ、なた、日本語話せるんですか？」

明らかに自分より年上だろう男に慌てて言い直すと、男は「ニホンゴ」と繰《く》り返し、静かに返答する。

「私が話しているのはスレーニア大陸の公用語です。あなたも綺麗《きれい》なスレーニア語を話しておられますが」

「すれ、にあ……?」

「スレーニア、です」

(そんな大陸……なかったはずだ)

世界地理に詳しいと胸を張ることは出来ないが、それでも地球上にある大陸の名前は憶《おぼ》えている。一瞬、目の前の男が冗談《じょうだん》か嘘を言っているのかと思ったが、真っすぐに向けられる眼差《まなざ》しの真摯《しんし》さにすぐに否定した。

嘘や冗談でないのなら、ここはスレーニア大陸ということになる。そうでなくてもこの場所が異質なのにと漠然《ばくぜん》とした不安を覚えていると、ぐっと腕を引かれた感覚にハッと振《ふ》り返った。

そこには沙月が、今にも泣きそうな顔で自分を見上げている。

「沙月……」

祥也はぐっと奥歯に力を込めた。この場で沙月を守れるのは自分だけなのだ。混乱している場合ではなかった。

「ここは、どこですか?　あなたは誰です?」

まずは最低限の情報収集だ。誤魔化しは許さないと半ば睨みつけながら言うと、男は失礼しましたと、剣を携《たずさ》えている方の腕を胸に当てて頭を下げた。

「私はアルフレイン・シェーラ・ブランデル。スレーニア大陸、プロスペーレ王国の騎士《きし》団長を拝命しております」

「き、騎士団長？」

それって何のゲームだと笑い飛ばしたい。だが、一方で妙《みょう》な納得《なっとく》もしていた。これほどの存在感がある男がただものであるはずがないとも思ったからだ。

祥也が黙っていると、男は背後を仰《あお》ぎ見る。その仕草で、ここにもう一人いたことを思い出した。

「あちらにおわすは、プロスペーレ王国第二王子、ユーリニアス・シェリオン・プロスペーレ様でいらっしゃいます」

「お、王子、さま？」

沙月が震《ふる》える声で繰り返す。

「せ、先輩《せんぱい》、これ、ゆめですか？」

「沙月……」

「サツキ殿《どの》というのか」

「！」

もう一人の男が馬から下りてきた。目の前で膝を突《つ》いている男と同じくらい長身の男は、フードがあるマントを羽織っている。開いている胸元から覗《のぞ》く服は、先ほどの男とは対照的な白っぽいものだが、違《ちが》うのは色だけでなく、服を彩《いろど》る刺繍も多く緻密《ちみつ》なもののようだ。輝《かがや》いて見

えるのは、おそらく金の糸だからか、そのせいかまさに絵にかいたような王子様っぽい恰好《かっこう》のように見えた。

「私はユーリニアス・シェリオン・プロスペーレ。ユーリと呼んでほしい」

そう言った男は、祥也と沙月を交互《こうご》に見る。そして、小さく二人かと呟《つぶや》いた。

それがどういう意味なのか聞き返す前に、男は自分に近い沙月の腕を取ろうとする。祥也は反射的にその手を打ち払《はら》った。慌《あわ》てたせいで力が入ってしまい、パシッという音が響く。相手が王子だったと思い出したが後の祭りだ。

腰の剣が本物かどうかはわからないが、このまま斬《き》られてしまうかもしれない。

一瞬《いっしゅん》にして恐怖《きょうふ》が沸《わ》き上がり、祥也の顔から血の気が引いた。

しかし、王子だという男は不思議そうに払われた己《おのれ》の手を見下ろしたものの、祥也に対して敵意は向けてこない。そのことに少しだけ安堵《あんど》した祥也に、跪《ひざまず》いたままの男が言った。

「この地に降りられたばかりで惑《まど》うことも多いでしょう。どうかこのまま、私たちに同行していただけませんか」

「ど、同行って、でも……」

理由はわからないが、目覚めたこの場所から離《はな》れてしまうと、二度と元の世界に戻《もど》れないようで怖《こわ》い。それは祥也だけではなく沙月もなのか、何度も首を横に振っている。

「俺たちはこのままここに……」

「この場にいれば、野生の獣《けもの》たちに襲《おそ》われるかもしれません。あれらは貴方方《あなた》が貴重な存在だと知るはずもないので」

「でも……」

「ここは《聖なる森》。異なる世界より降りし貴方方が望めば、いつでもご案内します」

そう言われても、簡単に足は動かない。

異世界に落ちたとか、荒唐無稽《こうとうむけい》な話に警戒心《けいかいしん》は最大限に大きくなるが、一方でこのままこの場にいてもどうしようもないということも感じている。

悩《なや》んだ祥也は、いまだ摑《つか》んだままの沙月の腕を見下ろした。

(俺はともかく、沙月をこのままにしておけない)

何がどうなっているのか、わかっているふうな口をきく目の前の男にはっきり説明してもらおうと、祥也は腹に力を入れて歩き出した。


徒歩での移動は許可出来ないと言われてしまい、二頭の馬に乗って移動することになってしまった。祥也としては沙月と二人乗りがしたかったが、初めて馬に乗る祥也が手綱《たづな》を上手《うま》く操《あやつ》れるはずもなく、祥也は黒服の男、騎士団長のアルフレインと同乗し、沙月は白服の男、第二王子のユーリニアスと共に馬に乗った。

最初は沙月の様子が気になって何度も振り返っていたが、祥也は次第《しだい》に初めて乗る馬に興味を引かれた。

前に座る祥也の腰に腕を回すように手綱を握っているアルフレインは、僅《わず》かな手の動きで馬をコントロールしている。馬もそんな男に素直《すなお》に従っていて、初めてなのにとても乗り心地《ごこち》が良かった。

日中ならばどんな景色が見えただろうか。そんなことを考えながら体感にして、十分かそこらか、少し開けた場所に建っている石造りの建物の前で馬は止まった。

「うわっ」

自分で下りようとした祥也を制するように、先に馬を下りたアルフレインの手が腰《こし》に伸《の》びて軽々と地面に下ろされる。いくら細身でも、成人の男をこんなにも軽々持ち上げられるものなのだろうか。

(……でか)

改めて目の前に立つアルフレインを見ると、彼がかなり長身だというのがわかる。目線の角度からしても、自分より二十センチ近く高いのではないか。だとしたら、身長が二メートルはある。

そのくせ、動きは隙《すき》がなくしなやかで、大柄《おおがら》というイメージではない。

「こちらに」

促《うなが》され、ハッと沙月の方を見ると、ユーリニアスがまるで抱《だ》きかかえるようにして馬から下ろしている所だった。二人の身長差は自分たちよりも大きく、沙月の頭は相手の胸元《むなもと》にかろうじて届くくらいだ。

「先輩」

見知らぬ相手といることに不安を抱《いだ》いているのか、沙月が駆《か》け寄ってくる。

「大丈夫《だいじょうぶ》か？」

「は、はい、いろいろ話しかけてくれたんですけど……あんまり答えられなくて」

「当たり前だ。わけのわからない状況《じょうきょう》で落ち着いていられるかよ」

祥也が同意を示すと、沙月も安堵したように笑う。ただ、その笑《え》みは見慣れたものではなく、どこかまだ緊張《きんちょう》していた。

「とにかく、ここがどこなのか、ちゃんと話を聞いてみよう。……沙月が一緒《いっしょ》で良かった」

一人だったらもっとパニックになっていたかもしれない。そんな思いで思わず零《こぼ》れた言葉に、沙月が目を丸くしている。考えたら沙月の前でこんなふうに弱音を吐《は》いたことは初めてかもしれなくて、祥也は気恥《きは》ずかしさを誤魔化《ごまか》すために沙月の背を押しながら歩いた。

「こちらだ」

先頭をユーリニアス、続いて祥也と沙月が、最後にアルフレインが歩く。

ったらしい。

尋《たず》ねるというよりもつい口から零れてしまった疑問。それは側《そば》にいたアルフレインには伝わったらしい。

「デンキというものはわかりませんが、この明かりは魔力《まりょく》をもとにしたものです」

「魔力？ ……え、ここ、魔法とか使えるんですか？」

突然《とつぜん》のファンタジー要素満載《まんさい》な言葉に、祥也は思わず突《つ》っ込んで尋ねる。

（もしかして俺達も使えるようになるのか？）

小説や漫画《まんが》の中では定番の話だ。祥也も異世界が描《えが》かれているゲームや小説をそれなりに経験していた。もしかしたら自分に魔力があるかもしれないと思うと、こんな時なのに少しワクワクしてしまったが、アルフレインはわかりませんと言葉を濁《にご》した。

「この国でも、魔力を持っているのは限られた者達……精霊《せいれい》が気に入った者達だけと言われています」

「精霊、ですか？」

どうやら、魔力があるのはごく限られた者達だけらしい。期待した分だけ残念に思うが、今いるこの場所が、普通《ふつう》に「精霊」という言葉が出てくる世界なのだと知った。

建物の中は蛍光灯《けいこうとう》ぐらいの明るさがあった。しかし、石造りの壁《かべ》や天井《てんじょう》に当然照明器具はない。石自体が光っているようだが、その仕組みはまったくわからなかった。

ただ、この明るさのおかげで、同行する二人の容姿が露《あらわ》になる。

ユーリニアスはやはり金髪《きんぱつ》で、瞳《ひとみ》も薄《うす》い金色だ。いかにも王子様らしい、貴公子然とした整った容貌《ようぼう》だが、浮《う》かべる笑みが何だか胡散臭《うさんくさ》く感じる。

一方、アルフレインは銀髪《ぎんぱつ》で、瞳はそれよりも暗い灰銀《はいぎん》色だった。こちらもやはり整った容貌だが、ユーリニアスよりも粗削《あらけず》りな印象だ。

一見してコスプレにも見える衣装なのに自然と着こなし、腰の剣《けん》は存在感を主張している。

改めて見ても、やはり異様な存在だ。

（……いや、俺たちの方が異質……なのか？）

これは、本当に現実なのだろうか。

懐《なつ》かしい沙月に再会し、興奮したまま見ている、珍《めずら》しい夢か。

いまだどちらか判断がつかなかった祥也は、前を歩くユーリニアスが立ち止まったことに気づき、視線を上げた。

そこは子供のころ、クリスマスにお菓子《かし》を貰《もら》いに行っていた近所の教会のようだった。

広くはないが祭壇《さいだん》と、何人かが座れる長椅子《ながいす》も置いてある。

飾《かざ》られているのは少女のような女性のような、不思議な像だ。

「ああ、《神子》様を無事に見つけられたのですね」

そして、そこには新たに一人の男が立っていた。

(み、みこさま?)

「バートランド、貴殿《きでん》の神託《しんたく》はまことだった。感謝する」

「いいえ、ブランデル様。これもすべて神の御心《みこころ》です」

茶髪《ちゃぱつ》に茶色の瞳。身長も祥也より少し高いくらいの若い男は、人好きする笑みを祥也たちの

方へ向けてきた。

緑色のローブを身にまとっているのでその下の服装まではわからないが、帯刀してはいないらしい。

「……あの」

新たな人物に戸惑《とまど》っていると、アルフレインはすぐに紹介《しょうかい》してくれた。

「彼はバートランド・シェーラ・エイマーズ。この《聖なる森》の番人をしています」

「あんた……あなたの弟、さん?」

「私の?」

「名前に、同じ……」

アルフレイン・シェーラ・ブランデルと、バートランド・シェーラ・エイマーズ。ミドルネームに同じ単語が入っているので、似ていなくても家族か、もしくは親戚《しんせき》かと思った。

だが、違《ちが》うらしい。

「シェーラというのは、我が国の貴族の敬称《けいしょう》です。貴族はみなその敬称が入り、王族にはシェ

リオンという敬称が付くのです」

するとアルフレインもバートランドも貴族ということになる。

今の日本には貴族という階級はないが、さすがに一般人《いっぱん》と違うことはわかる。言葉の揚《あ》げ足を取られてしまったら。そう考えると、祥也の口は自然と重くなった。

「良かった、無事にお迎《むか》え出来て……ん？」

そう言いながらにこやかに近づいてきたバートランドだが、ふと足を止めて首を傾《かし》げる。

「……お二人、ですか？」

「そうだ。こちら……」

振《ふ》り返ったアルフレインの言葉が止まり、じっと見つめられた。イケメンの真っ直《す》ぐな視線は心臓に悪くて、祥也は咄嗟《とっさ》に視線を逸《そ》らす。

「恐《おそ》れながら、尊い貴方《あなた》方のお名前をお聞きしてもよろしいでしょうか」

「あ」

そこで、まだ自分たちがきちんと名乗っていなかったことに気づいた。見知らぬ場所で、ここにきた理由もわからなくて、かなり動揺《どうよう》しているみたいだ。

ここで名乗ることを拒否《きょひ》してもしかたがない。

「俺は森下祥也、です。……で」

「こ、河野、沙月です」

沙月も小さな声で名乗る。アルフレインはありがとうございますと頭を下げた。

「ショーヤ様と、サチュキ様ですか」

バートランドが繰《く》り返すが、正しい発音をされていない沙月がもう一度名前を告げた。

「サツキ、です。サ、ツ、キ」

「サチュ、サシュ……サツ、キ様」

何度か繰り返したバートランドは、沙月が肯定《こうてい》するように頷《うなず》いたことで安堵《あんど》の表情を浮かべた。だが、直ぐにその顔は困惑《こんわく》したものに変わる。

「……神託では、【癒《いや》し人が、異なる世界より降りる】とありました。私はお一人だと思っていたのですが……」

「待ってくださいっ、俺たちがここに来るって前もって知ってたんですかっ？」

これが偶然《ぐうぜん》ではなく必然だったのだと言われ、祥也は思わずバートランドの肩《かた》を摑《つか》んで揺《ゆ》さぶった。どうして自分たちが選ばれたのか、何のために呼ばれたのか、わからないことだらけだった。

「い、いいえ、神託は数刻前です。私も初めてのことなので……」

バートランドは祥也の手を止めていいのかどうか迷っているようで、両手がワタワタと空を彷徨《さまよ》っている。

「《癒し人》って何なんだよっ、俺たち二人がそうだっていうのかっ？」

「《真実の宝珠》で調べればよい」

そんな祥也の言葉にバートランドが答える前に、ユーリニアスが淡々《たんたん》と告げる。

「あの聖具ならば人の特性がわかる。《癒し人》がどちらなのかもな」

「た、確かに、あれならば私の疑問にも答えて下さるでしょう」

バートランドはそう言いながら像の前に立ち、そっとその足元に手のひらを当てる。すると、淡《あわ》い光が見えたかと思うと、それは見る間にテニスボールくらいの玉に変化した。

バートランドは恭《うやうや》しくその玉を手に取り、再び歩み寄ってくる。近くで見ると、光っていたはずの玉は透明《とうめい》な水晶《すいしょう》のようだった。

「《真実の宝珠》に触《ふ》れていただければ、その者が持つ魔力の特性がわかるのです。大丈夫《だいじょうぶ》、癒しの魔力があるかどうか判断するだけで、それ以外の情報は秘匿《ひとく》されます」

「《癒しの森》に降りられたのだ、《癒し人》であられるに違いない」

バートランドの説明に、アルフレインは即座《そくざ》に告げるが、祥也は待ってくれと言いたかった。

そもそもたった今ここに来た普通の日本人である自分たちに魔力《まりょく》などあるはずがない。その、《真実の宝珠》というものに反応するはずがないのだ。

「サツキ殿《どの》」

「え？」

「あっ」

だが、祥也が訴《うった》える前に、ユーリニアスがバートランドから玉を取り、そのまま沙月の手のひらに載《の》せてしまった。

「！」

「うわぁ……」

祥也が息をのむのと、沙月が驚《おどろ》きの声を上げるのはほとんど同時だった。

（ひ、光ってる……）

直前まで無色だったそれは、今目の前で確かに光っていた。金色と緑と、青。三色が複雑に入り組んだ、何とも神秘的な光だ。

「さ、沙月……」

「先輩《せんぱい》、これって……」

沙月も今の会話は聞いていたはずだ。魔力に反応すると言われ、それが光ってしまったということは、沙月に魔力があるということだった。

今までそんな非現実的な力などなかったはずなのに、この不思議な世界に来てしまったから力が宿ってしまったのか。

「緑と水と光。《癒し人》に現れる特有の精霊《せいれい》の魔力です。ああ、やはり《癒し人》様がいらっしゃったのですね。では、ショーヤ様も」

バートランドの声は嬉《うれ》しそうに弾《はず》んでいる。控《ひか》えめだが、かなり興奮もしているようで、キラキラとした眼差《まなざ》しで祥也を見た。

沙月の時と同じように光るのか。

期待と不安と、祥也は恐々《こわごわ》と玉を手のひらに載せる。

「……」

「……これは……」

沙月の時には鮮《あざ》やかに現れた三色の光が、今はまったく見えなかった。いや、かなり薄《うす》く、ほとんど黄色に近い緑色の光が現れたが、それもゆっくりと消えていった。

「……」

「……」

「あ、あの、これって……」

何か意味があるのかとバートランドを見たが、彼は驚きの表情をしたまま何も言わなかった。その代わりのように、ユーリニアスがしっかりと沙月の腰《こし》を抱《だ》き寄せる。

「サツキ殿が《癒し人》だと確認《かくにん》した。《癒し人》は王家が手厚く保護する決まりだ、このまま連れて行くぞ」

「ユーリニアス様っ」

「え、ちょ、待って、先輩っ」

我に返ったらしい沙月が手を伸《の》ばしてきたので、祥也は咄嗟に握《にぎ》りしめた。自分の結果が気になるものの、沙月とこのまま離《はな》れ離れになるのは困る。そうでなくても、どうやったら元の世界に帰れるかもわからないのだ、出来るだけ二人で行動した方が良かった。

「沙月は俺と一緒《いっしょ》にっ」

「アルフレイン」

「はっ」

「それはお前に任せる」

「おいっ」

それとはもしかしたら自分のことなのか。

まるっきり物扱《あつか》いする男にカッと頭に血が上るが、行動する前にあっさりと腕《うで》を掴まれて行動を制限されてしまった。

「落ち着いて下さい」

「離せっ」

出会った時も、その後の馬上でも、常に祥也を立ててくれていた。その男が理不尽《りふじん》に引き留めるなんて信じられない。

振りほどこうにも体格差はもちろん力も違い過ぎて、祥也はその場から動くことが出来なくなった。

「先輩っ」

沙月は半ば抱きかかえられるようにしてこの場から連れ去られていく。同じ世界の、たった一人の仲間と引き離されることに、祥也はとてつもない恐怖《きょうふ》を感じた。

「くそっ」

おそらく、彼らの反応から、自分には何の力もないということはわかった。沙月は《癒し人》というので、で、自分はただの巻き込まれただけの異世界人だ。それでも、沙月と一緒《いっしょ》に元の世界に帰るのを諦《あきら》めることなんて出来ない。

そう思うのに、押さえられた身体《からだ》は自由が利《き》かない。

沙月とユーリニアスの姿が消え、祥也はその場に崩《くず》れるように跪《ひざまず》く。何も出来なかったことが悔《くや》しくてたまらなかった。

「ショーヤ様」

ふと、目の前に影《かげ》が落ちた。祥也と目線を合わせるように膝《ひざ》を突《つ》いたアルフレインに、祥也は精一杯《せいいっぱい》の反抗《はんこう》で視線を逸《そ》らした。

「我が屋敷《やしき》においでいただけませんか。何分武骨な武人故《ゆえ》、きめ細やかなもてなしは出来ないですが、それでも《異なる世界より降りし貴方《あなた》》を心より歓迎《かんげい》いたします」

「……俺には何の力もないのに……」

「それでもっ、……それでも、貴方方を見つけたのは私ですから」

祥也はぐっと口元に力を入れた。自分の価値のなさを目に見える形で見せつけられ、何の反論も出来ないまま沙月を攫《さら》われてしまった。泣きたくなるほどの悔しさと絶望。なのに、アルフレインはそんな祥也に手を差し伸べてくれる。

冷静に考えたら、あのユーリニアスは第二王子で、アルフレインは騎士《きし》団長。ユーリニアスに従う立場だ。あの男が無価値と判断した自分をこうして気にしてくれるだけでも、彼が心優《やさ》しい人物とわかる。

しかし、安心は出来ない。今この場で、これから自分がどうすればいいのか決めなければならなかった。

祥也はめまぐるしく考える。

ここが本当に異世界だとしたら、生活するうえで必要なものをどう手配すればいいか、相談出来る、頼《たよ》れる存在は……そう考えると、自分に好意的なアルフレインに頼るほかない。

祥也は唇《くちびる》を歪《ゆが》める。選択肢《せんたくし》など、初めから一つしかなかった。

打算的な考えだが、ここは頷《うなず》くしかない。

「……すみません、少しの間、お世話になります」

すぐに元《もど》の世界に戻れないのなら、一刻も早くこの世界に慣れて、自活できるようにしたい。なにより、連れて行かれた沙月を取り戻したい。

「どうぞ」

祥也が頷くと、アルフレインは明らかに安堵《あんど》した表情を浮《う》かべ、祥也を促《うなが》すように歩き出そうとする。その時、それまで一連の出来事に当惑《とうわく》した表情だったバートランドが声を掛《か》けてきた。

「お待ちください、ブランデル様。ショーヤ様と少し話をさせていただけないでしょうか」

「……何の話だ」

「……これは、《異なる世界より降りし御方《おかた》》にしかお伝え出来ないものです」

「……」

唐突《とうとつ》なバートランドの申し出に、戸惑《とまど》ったのは祥也も同じだった。癒《いや》しの力がないことは、側《そば》で一緒に玉を見ていたバートランドにもわかっているはずだ。それなのに、何の話があるのか。

「……わかった。ショーヤ様、馬を用意してお待ちしております」

「あ、はい」

つい返事をしてしまったが、何を言われるか予想がつかない状況《じょうきょう》は不安でしかたがない。しかし、アルフレインは言葉の通りその場から立ち去ってしまった。この空間にバートランドと二人きりになってしまい、祥也は警戒《けいかい》を強くする。

「ショーヤ様、申し訳ありませんが、もう一度この玉に触《ふ》れていただけないでしょうか」

「え？」

バートランドの手には、《真実の宝珠《ほうじゅ》》と言っていた玉がある。もしかしたら、さっきはきちんと調べられていなかったと言うのだろうか。

戸惑いながらも祥也は手を伸ばした。自分がここにいる意味がわかれば……そう思ったからだ。

ほんの少し期待していたそれは、やはり前と同じだった。一瞬《いっしゅん》だけ淡《あわ》い緑の光が浮かんだが、それも薄れて消えてしまった。

少し期待していた分落ち込みも激しかったが、バートランドはやはりと頷いた。

「こちらをご覧ください」

「……赤?」

指さされた玉のその部分には、さっきは気づかなかった赤い点のようなものがある。

「これ……」

「わかりません」

「は?」

てっきり説明してくれるものだと思っていたのに、バートランドはあっさり言いきった。ただ、その表情には隠《かく》し切れない好奇《こうき》の色がある。

「先ほどもお伝えしましたが、《癒し人》には緑と水と光が混ざり合う魔力《まりょく》があります。サツキ様はその色が濃《こ》く、力が強いのもわかりました。ですが、ショーヤ様は……一瞬淡い緑色の光が現れ、消えてしまった。それが不思議でしかたがなかったのです」

「それって、俺にその、《癒し人》の魔力がないってことでしょ」

改めて突《つ》き付けられた現実につい声が尖《とが》ったが、バートランドは違《ちが》うのですと訴《うった》えてくる。

「本当に《癒し人》でないのなら、一瞬でもあの色が現れるはずがないのです。それに、これ……先ほどは気づきませんでしたが」

いまだ消えない赤い点。

「赤色は炎《ほのお》の魔力ですが、命を表すこともあるのです。もしかしたら、ショーヤ様には何か特別な御力《おちから》が備わっているのかもしれません」

「特別なって……」

「私も初めて拝見するので、過去の文献《ぶんけん》を遡《さかのぼ》って調べてみます。必ず貴方様の御力の意味を見つけ出しますので、どうか今しばらくお待ちください」

思いがけない申し出に、祥也は思わずその顔を見つめる。

(この小さな点に意味があるのか？)

まったく考えもしなかったことだし、バートランドが知らないということは結果的に意味がなかったということもありえる。それでも、自分という存在に意味があるかもしれないと思うと、少しだけ落ち込んでいた気分が上昇《じょうしょう》した。

(そう言えば……)

「あの、初めて会った時、《みこさま》って……」

「ああ……遥か昔、神の御心でこちらに来られた方を、私達は初め《神子》様とお呼びしていたのです。ですが、《神子》様ご本人が、神の子ではないと困っておられて……。それからは、《癒し人》と呼び名を変えたのです」

どうやら、《神子》と《癒し人》は同じ意味のようだ。

「ブランデル様にも、確信が持てないことを告げるわけにはまいりませんので、ショーヤ様だけにお伝えしておきます」

「……わかりました。あの、どんな結果でも……教えてください」

二度落ち込むこともありえるが、それでも何も知らないより少しでも情報は欲しい。

そう考えながら言うと、バートランドは両手を胸もとで交差しながら頭を下げた。

「確かに、承《うけたまわ》りました、《異なる世界より降りし御方》」

第二章

あの黒馬に再び相乗りし、森を駆《か》け抜《ぬ》けていた祥也は、ずっと頭上を照らしていた赤い月の光が次第《しだい》に見慣れた黄色に変化していくのに気づいた。

「色……」

祥也の呟《つぶや》きに、アルフレインも視線を前方に向けたまま答えた。

「あれが本来の月の色です」

「……俺のとこも、普通《ふつう》は黄色い月です」

「《異なる世界より降りし御方》が現れる時、月の魔力が最大限強く、赤くなると言われていました。今夜の月を見た時、私は確信して《聖なる森》に向かったのです」

どこか嬉《うれ》し気なアルフレインの声音《こわね》を背後に聞きながら、祥也はずっと目の前の月を見つめる。

(俺たちが見た赤い月と、この世界の赤い月……二つが重なったから、こっちの世界に呼ばれたってことか?)

あの瞬間《しゅんかん》、祥也は沙月の腕《うで》を摑《つか》んでいた。そのせいで、二人でこの世界に来てしまったのだろうか。

巻き込まれてしまっただけという可能性が高く、そのことに自分の運の悪さを強く感じるものの、沙月一人でこの世界に来てしまった場合のことを考えると、自分がいてよかったかもしれないとも思う。

「うわ……」

しばらくは月に意識を奪《うば》われていた祥也だったが、次には目前に現れた光景に声を漏《も》らした。

(まんま……異世界っぽい……)

視界に広がったのはそびえ立つ石壁《いしかべ》。夜のせいかどこまで続いているともわからないそれに、二階建てくらいの高さがある門があり、左右には鎧《よろい》を着た男たちが立っている。

異世界ファンタジーにはよくいる門番だろうが、それが現実だというのはどこか不思議な感じがした。

アルフレインは門の側で一度馬の速度を落とす。

「団長っ?」

篝火《かがりび》の明かりで顔がわかったのだろう、男たちは直立不動になり、握《にぎ》ったこぶしを胸元《むなもと》に当てる仕草をした。

「ユーリニアス様は」

「少し前に戻《もど》られました。お客人をお連れになって……」

門番がそう言いながら、視線を向けてくるのを感じる。思わず目の前の手綱《たづな》を握りしめると、黒馬が抗議《こうぎ》するように嘶《いなな》いた。

「あ、ごめんっ」

慌《あわ》てて謝り、宥《なだ》めるように首筋を撫《な》でると、もっと強くしろというように押し付けてくる。大きな馬の意外に可愛《かわい》い仕草に思わず笑《え》みを誘《さそ》われていると、アルフレインが告げた。

「こちらもお客人だ。滞在《たいざい》先は私の屋敷《やしき》で、手続きは夜が明けてから私が行う。開けてくれ」

「はっ」

閉まっていた大きな門が、重厚《じゅうこう》な音を立てながら片側だけ開く。

馬に乗ったまま門をくぐると、広がっていたのは予想通りの古いヨーロッパのような町並みだった。

「すご……」

夜も遅《おそ》い時間帯なので人通りはないが、レンガや石、木材で作られている町並みはよく見える。それは、意外にも等間隔《とうかんかく》で街灯がついているからだと気づいた。

森の近くにあったあの建物にも、電気器具だといえるものはなかった。ただ、壁《かべ》や天井《てんじょう》自体が光っているという、不思議な現象だった。

確かあの時、アルフレインは魔力《まりょく》が使われていると言っていた。

だとすると、この街灯に見える明かりも、電気ではない何か別の明かりが用いられているのかもしれない。

「あの」

「はい」

「この明かりも……えっと、魔力？　を使ってるんですか？」

「はい。王都の明かりも魔力を使っています。魔物の中にある魔石に光の魔力を注いでいるのですよ」

アルフレインの説明では、魔物の身体《からだ》の中には魔力を溜《た》めることが出来る魔石という石があるらしい。その石に、魔力がある者が様々な種類の魔力を込めるそうだ。明かりには光の精霊《せいれい》の魔力を込めた魔石が使われているが、小さな村などには行き渡《わた》ってはいないようだ。

丁寧《ていねい》に説明してくれるアルフレインに礼を言い、祥也は自分の中にまったくない常識に戸惑《とまど》っていた。

（沙月には、その魔力って言うのがあるんだよな。でも、俺は……）

何も力がない自分は、いったいどんな扱《あつか》いになるのか。

不安でたまらない祥也だったが、大きな壁に守られた町中に着いたという安堵《あんど》感《かん》からか、様々なものに視線がいくようになった。

道は当然アスファルトではない。しかし、綺《き》麗《れい》なレンガが並べられてあり、この町にある一定の文化があることが窺《うかが》えた。

「この町はプロスペーレ王国の王都、オルガです」

祥也の視線が動いているのを背後から見ていたらしいアルフレインが教えてくれる。

ここは大通りで、主に商家や屋台などが並び立っているらしい。王城から見て東側に貴族街、南側に富豪《ふごう》が住み、西に庶民《しょみん》の家や市場などがあるらしい。

アルフレインの屋敷は当然貴族街にあるらしいので、もう少し先に行かなければならないようだ。

「うわぁ……」

見るものすべてが珍《めずら》しく、祥也は忙《いそが》しく視線を動かす。

そんな自分をアルフレインが目を細めて見つめていることなど、まったく気づかなかった。

それからしばらく行くと、店がまばらになってきた。そして、

「あ、また門？」

道を塞《ふさ》ぐように大きな門が立っている。ただ、それは先ほどの重厚そうな門とは違《ちが》い格子《こうし》状になっているので、向こう側の光景は見えた。

この門の前にも、やはり二人の門番が立っていた。

「ご苦労」

「お帰りなさいませ」

一言声を掛《か》けたアルフレインに深く一礼し、門が開かれる。一歩中に入ると、不思議と空気が変わったような気がした。

(ここが貴族街……)

先ほどまでの町並みとは明らかに違い、一軒《いっけん》一軒の土地が広く、緑も豊かに見える。

間もなく、アルフレインが馬を止めた。

「私の屋敷です」

「……ここ、ですか」

門から見える範囲《はんい》は木々が立ち並んでいて、建物は見えなかった。門の前には一人の男が立っている。武装しているので門番だろうが、個人の家にもそんな存在がいるということに驚《おどろ》いた。

「お帰りなさいませ」

彼からは馬上の祥也の姿も見えているだろうに、にこやかに声を掛けてくれる姿にはこちらへの不審《ふしん》の念などは欠片《かけら》も見えない。

開いてもらった門から中に入る時、慌てて頭を下げたが、やはり笑いながら会釈《えしゃく》を返してくれた。

「私は王城の騎士《きし》団宿舎にいることが多く、屋敷にはあまり使用人を置いていないのです。貴方《あなた》に仕える者は直《す》ぐに手配しますので、今夜は不調法をお許しください」

アルフレインはそう言うが、もともと一般庶民《いっぱんしょみん》の祥也は世話をされなくても不都合を感じない。

「自分のことは自分で出来ますから、あの、大丈夫《だいじょうぶ》です」

木々の間を行き、ようやく途切《とぎ》れたかと思うと屋敷が見えた。ほのかな明かりに照らされた玄関先《げんかんさき》と思えるスロープの前には、また一人の男が立っている。

馬を止めたアルフレインが軽々と降り立ち、祥也が下りる前に手を貸してくれた。背の高い馬から降りるのにはまだ慣れないので、情けないがその手を借りて馬から下りる。

「あ、ありがとうございます」

「いいえ」

軽く背を押され、祥也は出迎《でむか》えてくれた男と対峙《たいじ》した。

（うわ……まんま執事《しつじ》だ）

白髪《しらが》を撫でつけ、黒い燕尾服《えんびふく》のようなものを着ている姿は、執事というイメージにピッタリの初老の男だった。

「お帰りなさいませ、アルフレイン様」

「ああ。こちらはお客様のショーヤ様だ。ショーヤ様、彼は我が家の執事……」

「……セバスチャン」

「……いいえ、ベルトランと」

「す、すみませんっ」

気づかず、思っていたことを口にしていたらしい。祥也は焦って謝ったが、二人は気にしていない様子だった。

「アルフレイン・シェーラ・ブランデル様の執事、ベルトラン・シェーラ・クレールと申します。もう夜も更《ふ》けておりますゆえ、お話は明日に。どうぞお休みくださいませ」

「……すみません」

年上の相手に気遣《きづか》われていることに申し訳なくなるものの、そう言われて祥也は急に身体が重くなってきた。今まで気を張っていたので気づかなかったが、どうやらずいぶん疲《つか》れているらしい。

話は明日というのには助かったが、それでも気になるのは沙月のことだ。

(沙月、どうしているんだろ……)

《癒《いや》し人》らしいし、それなりの待遇《たいぐう》で迎《むか》えられているはずだが、自分の目で確認《かくにん》していないので不安ばかりが募《つの》る。しかし、今ここで沙月のことを聞いても良いのかわからなかった。

「ショーヤ様」

「……うわっ」

ハッとして踏《ふ》み出した足がもつれてしまい、体勢が崩《くず》れた祥也の手を掴《つか》み、アルフレインが軽々と支えてくれる。

「す、すみませんっ」

（うわっ、恥《は》ずかしっ）

「……ショーヤ様、サツキ様のことは心配なさらなくても、王家が丁重《ていちょう》に遇《ぐう》しているはずです。すぐには無理かもしれませんが、王子に謁見《えっけん》を申し込んでお会い出来るように手配をします。どうか、今夜は安心してお休みください」

「……」

（どうして、俺の思ってたこと……わかったんだ？）

自分の抱《かか》えていた不安に答えを出してくれたアルフレインに驚いたが、その言葉に酷《ひど》く安心もした。

「ありがとうございます」

すぐには無理でも、沙月に会える。祥也は真っすぐアルフレインの顔を見上げる。明るい屋《や》敷《しき》の中で、彼の灰銀の瞳《ひとみ》に自分が映っていることが不思議に思えた。

異常な状況《じょうきょう》で、とても眠《ねむ》れるとは思わなかったが、自分で思ったより図太かったのか、いつの間にか眠っていたようだ。

目覚めた時、見慣れない部屋の様子に一瞬《いっしゅん》ドキッとしたが、直《す》ぐに昨夜《ゆうべ》の記憶《きおく》が蘇《よみがえ》って、祥也は深い溜め息が漏《も》れた。

(……夢じゃなかったのか)

日本から、異世界にやってきた。ありえないことが実際に起きてしまい、これから先への不安が怒濤《どとう》のように押し寄せてくる。

「……言葉は、わかる。俺は日本語を話してるつもりだけど、相手の言葉もそう聞こえるもんな。字は……どうなんだろう。書けるかどうかはともかく、読めないと何にも出来ない」

この先のことを考えると、酷く気持ちが落ち込んでしまう。しかし、自分から動かなければ何も始まらないというのもわかっていた。

ベッドに仰向《あおむ》けに寝《ね》たままぼんやりと天井《てんじょう》を見上げていると、控《ひか》えめなノックの音がした。

慌《あわ》てて起き上がり、

「はいっ」

そう言いながらドアを勢いよく開ける。

立っていたのは初老の男、昨日紹介《しょうかい》してもらった執事のセバス……ではなく、ベルトラン、だったか。

(名前覚えるのも大変だ……)

ベルトランは祥也の顔を見、にこやかな笑《え》みを浮《う》かべて一礼してくれた。

「おはようございます。お疲れかとは思いましたが、そろそろ昼食の時間ですので空腹ではないかと」

「昼食……えっ？」

慌てて部屋の中を振《ふ》り返ったが、窓はカーテンが閉められているので外の様子はまったくわからない。時計もないので、薄暗《うすぐら》い部屋の中、まだ朝だと思い込んでいた。

「すみませんっ、俺、寝坊《ねぼう》して……っ」

「アルフレイン様より、起床《きしょう》するまではそのままにと言い付けられておりましたので、お気になさらないでください」

「……ありがとうございます」

頭を下げると、ベルトランはさらに笑みを深めた。

「昨夜は湯浴みもせずにお休みになりましたが、よろしかったらご用意いたしますが」

「お風呂《ふろ》、あるんですか？」

昨夜見た町並みが古いヨーロッパのように思えたので、風呂などないと無意識に決めつけていた。それが、意外にも用意できると言われたので、ついテンションが上がってしまう。

「はい、直ぐにお迎えに参りますので、しばらくお待ちください」

「はいっ」

ベルトランの言う通り、直ぐに彼は戻《もど》ってきて、そのまま浴室に案内してもらった。

「うわぁ……」

浴室も浴槽《よくそう》も石で出来ているが、祥也の知っている風呂とほとんど変わらない造りだった。

もちろんシャワーなどはないが、湯に浸《つ》かれるというだけでも気分がまったく違《ちが》う。

「石鹸《せっけん》もあるとか、凄《すご》いよな」

当然、石鹸も記憶にあるあの良い匂《にお》いの物とは違うものの、汚《よご》れを落とすという役割はちゃんと果たしてくれている。

自分の気持ち以上にリラックスできたのか、風呂から上がった祥也は起き抜《ぬ》けの不安が少し薄《うす》れた気がした。

風呂から出ると、脱衣《だつい》所には新しい服が用意されていた。白いシャツに黒いズボン、そして膝丈《ひざたけ》のチョッキには銀の細やかな刺繍《ししゅう》が施《ほどこ》されている。まるで芸術品にも見えるそれを着るのに躊躇《ちゅうちょ》したが、柔《やわ》らかな態度だが押しの強いベルトランに負けてしまった。

（どう見ても、着せられている感じだけど……）

そう言えば、下着は意外にもボクサータイプのものだった。ゴムがないのに身体《からだ》にピッタリなのは、魔物《まもの》の中に伸縮《しんしゅく》する皮を持つものがいて、その素材を使っているかららしい。

下着を持ったまま、何度も伸縮を確かめている祥也に、ベルトランが笑みを含《ふく》んだ声で教えてくれた。

街灯といい、下着といい、祥也はあくまで見た目のイメージで中世のヨーロッパのようだと思っていたが、案外進んだ文明を築いているようだ。

続いて連れて行かれたのは食堂だった。

十人は座れそうなテーブルには、二人分の食器が並べられている。

「あの」

「先ほどアルフレイン様がお帰りになりました。今お召《め》し替《か》えをされています」

「あ、はい」

どうやら、これは自分とアルフレイン、二人の分のようだ。

（どうしよ……マナーなんてわからないのに……）

大学二年生の祥也は、まだきちんとした席で食事をしたことがない。ナイフやフォークは一組しかないので順番に悩《なや》むことはなさそうだが、幾《いく》つも置かれているグラスの使い道など考えつかない。

出来ればキッチンの隅《すみ》っこででも、簡単なサンドイッチかなんかを食べさせてもらうだけで良かった。

「あの、ベルトランさん」

思い切って声を掛《か》けるが、彼は違いますと静かに告げてくる。

「私のことはベルトランとお呼びください。貴方《あなた》は主人の客人なのですから」

「で、でも、俺はただの大学生で……」

「ショーヤ様」

話を終える前に、食堂にアルフレインが入ってきた。祥也と同じような組み合わせの服だが、元が良いせいでモデルにしか見えない。

「あ、お帰りなさい」

さっきベルトランが帰ってきたと言っていたので何も考えずそう言うと、アルフレインは端《たん》整《せい》な顔に驚《おどろ》きの表情を浮かべた。

（え？　お、俺、別に変なこと言ってないよな？）

一メートルもない距離《きょり》で、向かい合って見つめ合う状態になる。

何だか、目を逸《そ》らしたらいけないような気がして、祥也はコクンと唾《つば》を飲み込みながらもアルフレインを見上げ続ける。

そんな膠着状態《こうちゃくじょうたい》に割って入ってくれたのは、冷静沈着《ちんちゃく》な執事《しつじ》だった。

「アルフレイン様、ショーヤ様は朝食も召し上がっておられません。早くお席にご案内を」

「あ、ああ、すまない」

その言葉に、アルフレインに背を押され、所謂《いわゆる》お誕生日席へと案内される。

「こちらにどうぞ」

「ここは、アルフレインさんの席じゃ……」

「貴方の席です、どうぞ」

重ねて言われ、これ以上駄々《だだ》をこねるのも迷惑《めいわく》を掛けてしまうと思い、祥也は恐々《こわごわ》と引かれた椅子《いす》に近づき、最後は手を取られながら腰《こし》を掛けた。こんなにちゃんとしたエスコートなんて初めてだ。

（き、緊張《きんちょう》する……）

「私は武人ですから、この屋敷の中では堅苦《かたくる》しいマナーは必要ありません」

「え……」

不安に思っていたことに答えを出され、祥也は反射的にアルフレインを見上げた。まだ椅子の側《そば》に立っていた彼は、祥也の視線に目を細める。

「野営の時など、手掴《てづか》みで食べることもよくあります」

「野営……」

「アルフレイン様、さすがに屋敷《やしき》内で手掴みはご遠慮《えんりょ》願います」

ばっさり釘《くぎ》を刺《さ》すベルトランだが、その口調に冷たさはない。どうやら本当にマナーは気にしなくても良いようだが、最低限綺麗《きれい》に食べようと思う。

「わかりました」

アルフレインが席に着くと同時に料理が運ばれてきた。

バゲットに似たパンに、シチューのようなスープ。それに……。

（昼からステーキ……）

確かに腹は空《す》いているが、量的に食べきれるかは不安だ。でも、せっかく用意してくれたものを残すつもりはなかった。

「……いただきます」

手を合わせてそう言うと、周りの視線を感じる。

「ショーヤ様、今のは？」

「今のって……挨拶《あいさつ》、ですか？　これは、えーっと、確か、食事を作ってくれた人と、食材を育ててくれた人、後は食べてしまう生き物に対して、ありがとうって感謝の意味だと……思います」

物心ついた時から無意識に言っていた言葉の意味を、改めて説明するのは難しい。祥也は親との会話を思い出しながらうろ覚えな理由を言った。もしかしたら他《ほか》に意味があるかもしれないが、自分はずっとそう思ってきたからだ。

「なるほど……良い言葉ですね」

アルフレインはそう呟《つぶや》いた後、自分も同じように手を合わせた。

「いただきます」

「……」

自分の告げたことを受け入れて、なおかつ良いことだと真似《まね》してもらうのはどこか気恥《きは》ずかしかった。

食事は、意外にも美味《おい》しかった。ファンタジー小説では塩味しかしないとか、パンが硬《かた》いとか、食事に関しては文明が進んでいないというのが鉄板だが、普通《ふつう》に塩や胡椒《こしょう》、それに香草《こうそう》も使ってあるようだ。

少し味が濃《こ》いような気がするが、騎士《きし》団長という役職のアルフレインは身体を動かすので、きっとこれくらいが普通なのだろう。

ただ、やはり量は多かった。祥也が普段《ふだん》食べる量の二倍近くはあったと思う。

いったん手を付けてしまうと残すのが申し訳なくなるので、祥也は小さめのパンを一つだけにし、シチューと肉は頑張《がんば》って食べた。おかげで腹が重い。

食事の皿が下げられ、高そうなカップに良い香《かお》りの茶が入れられて運ばれてきた。

飲《の》もうと手を伸ばしかけた祥也はその言葉に動きを止め、アルフレインを見る。

「……今朝、王城に参りました」

「沙月はっ？」

「サツキ様はお元気でした。午後から王に謁見《えっけん》することになっています」

「王様に……」

（王様……いるんだ）

当たり前のことなのに、その存在に驚いてしまう。

「《癒《いや》し人》は王家が保護するということに決められていますので、サツキ様の御身《おんみ》は厳重に守られます」

「……そうですか」

沙月の無事に安心し、その上王家というこの国の権力者に守ってもらえるのならひとまず安全の確保は出来た。後は直接会って話がしたいが、それをアルフレインに頼《たの》んでもいいのかどうかわからなかった。

「それと……」

アルフレインは一瞬《いっしゅん》だけ言葉に詰《つ》まったが、静かに言葉を続ける。

「貴方の立場は複雑なものです。《異なる世界より降りし方》には違《ちが》いないが、《癒し人》ではない」

「……」

わかっているつもりでも、昨夜《ゆうべ》突き付けられた事実はやっぱりショックだった。

沙月のオマケでこの世界に来ただなんて、溜《た》め息も出ないほど落ち込んだ。

そう考える祥也と同じように、王家の人達も祥也の処遇《しょぐう》については頭を痛めたことだと思う。

元の世界に帰せるなら話は簡単だろうが。

（……やっぱり、そこらへんは難しいのか……？）

きちんとした情報を集めたい。それには目の前のアルフレインの協力と、昨夜会ったバートランドの協力が必要だ。

『私も初めて拝見するので、過去の文献《ぶんけん》を遡《さかのぼ》って調べてみます。必ず貴方様《あなた》の御力《おちから》の意味を見つけ出しますので、どうか今しばらくお待ちください』

あの言葉を信じるのなら、何か新しい情報がきっとわかるはずだ。

「俺は……どうなるんですか？」

まさか、牢《ろう》に入れられるなんてことはないはずだ。誰《だれ》かに預けられるのか、それとも一人で生活しろと言われるのか。

どんな結果でも、今の祥也の立場では文句が言えない。

俯《うつむ》いた祥也の耳に、アルフレインの声が静かに響《ひび》いた。

「私が手を上げました」

そう言い、椅子から立ち上がって祥也の前まで来ると、彼は目の前で跪《ひざまず》いてしまった。

「えっ？」

突然《とつぜん》の行動に戸惑《とまど》う間もなく、アルフレインの両手が祥也の右手を包み込む。

「貴方はプロスペーレ王国騎士団長、アルフレイン・シェーラ・ブランデルが後見し、その身を保護します。国王にも了解《りょうかい》を得ました」

「アルフレインさん……」

（でも、俺には何の力もないし、迷惑かけたら……）

そうでなくても異世界から来たなんて、誰が聞いてもおかしな話だ。この世界のことなど何もわからない状態の祥也が、迷惑を掛《か》ける可能性はかなり高いだろうし、せっかく、優《やさ》しく手を差し伸べてくれたアルフレインの迷惑になることはしたくない。

そう考える一方で、この世界で今のところ唯一《ゆいいつ》頼《たよ》りになるアルフレインの側《そば》にいることが出来るというのはかなり嬉《うれ》しかった。

遠慮する方が良いのか、それとも喜んでいいのか。

祥也の頭の中は様々な考えが渦巻《うずま》いていたが、手を握《にぎ》ってくれているアルフレインは真っすぐ祥也を見上げながら言った。

「私が望んだのです。ショーヤ様、どうかこの屋敷に、私の側にいてくださいませんか」

「……っ」

真摯《しんし》な言葉にドキッとする。

「あ、ありがとうございます、お願いしますっ」

祥也は熱くなる顔を誤魔化《ごまか》すために、何度も頷《うなず》いてみせた。

＊＊＊

少年と青年の狭間《はざま》のような瑞々《みずみず》しい容貌《ようぼう》に、紅《こう》が走るのが何とも艶《なま》めかしく映る。

握りしめた細い指からは羞恥《しゅうち》と歓喜《かんき》、それと戸惑いの感情が流れ込んできて、アルフレインは己《おのれ》の想《おも》いがきちんと伝わったことに内心安堵《あんど》していた。

（赤い月を見て、即座《そくざ》に行動したのは正しかった）

神の愛し子、異なる世界から降りし《神子》。

代々の騎士団長に口伝で伝えられていた寓話《ぐうわ》。

赤い月の夜、この国にとって貴重な異界からの客人が現れる。手厚く保護し、護《まも》るように。

実際に異界からの客人が現れたのは過去数回。いつしか呼び名も、《神子》から《癒し人》へと変わり、近年では三百年近く前らしく、口伝も一種の伝説のようなものだと思っていた。

だが、実際に赤い月を見た瞬間《しゅんかん》、アルフレインの心がざわついた。急げと、本能が心に命じたのだ。

心が騒《さわ》いだアルフレインは厩舎《きゅうしゃ》に急いだが、途中《とちゅう》第二王子に見つかってしまい、振《ふ》り切ることも出来ずに共に《聖なる森》へ急いだ。客人はこの世界の一番清浄《せいじょう》な場所に降りるので、聖なる森だと直感的に考えたのだ。

《聖なる森》の今の番人、バートランドが、物静かな彼には似合わない興奮した状態で出迎《でむか》えてくれた。少し前に神託《しんたく》があり、《異なる世界より降りし方》が現れるはずだと言う。

その言葉に力を受け、アルフレインたちは森の奥へと進み、聖なる泉の側でその人物を見つけたのだ。

そこにいたのは二人の少年。そのうちの一人は、この大陸では今は見ない黒い髪《かみ》の少年だった。彼はこちらを睨《にら》むように見つめてくる。その強い視線に、また心がざわついた。

プロスペーレ王国騎士団長。スレーニア大陸最強と言われる国の騎士団長であるアルフレインを恐《おそ》れる者は多く、こんなふうに睨みつける者などほとんどいないといってよかった。しかもそれは恐怖《きょうふ》や卑屈《ひくつ》めいた感情からではなく、背に庇《かば》うもう一人の少年を守るためだとすぐにわかった。

「異なる世界より降りし方か」

その高潔な心根に敬意を示し、自然に片膝《かたひざ》を突《つ》いていた。表情には見せないが、第二王子がかなり驚《おどろ》いている雰囲気《ふんいき》が伝わってきた。

その後、何とか二人をバートランドに会わせることができた。

意外なことに、後から目覚めた一際華奢《ひときわきゃしゃ》な少年が《異なる世界の癒し人》だった。この国、いや、世界では癒す力を持った者は貴重だ。しかも、異なる世界から来た者ならば、さらに強力な力を持っていると言われている。

アルフレインと同じ結論に至ったらしい第二王子は、さっそく自身の手駒《てごま》にすべく少年を連れ去っていった。

残ったもう一人の少年には称号《しょうごう》がなかった。しかし、このままその場に残すわけにはいかない。保護すべきだという建前を告げ、王都の自身の屋敷《やしき》に連れて行った。

今回の処遇は、保護という名目の監視《かんし》と同等だ。癒しの力がなかったとはいえ、異なる世界から来た者を市井《しせい》に放つわけにもいかず、かといって沙月の側に置いて里心などつかせるのももってのほかだと、発見時側にいたアルフレインに白羽の矢が立った。

しかし、それはアルフレインにとって歓迎《かんげい》すべきものだった。

心優しい少年は、連れ去られたもう一人の身を案じていた。触《ふ》れた手からその思いを知り、大丈夫《だいじょうぶ》だと言葉を尽《つ》くす。

考えていたことの答えを急に告げられた少年は、酷《ひど》く驚いた表情をしていた。無防備なその表情は愛らしく、アルフレインは強い庇護欲《ひごよく》を感じる。

アルフレインはじっと己の手を見下ろした。

(ショーヤ様の気持ちがわかる力があってよかった)

アルフレインの一族は、人知れない力を持っていた。それは、一族の先祖とも言われている、妖精族《ようせい》の力だ。姿形がない、魔力《まりょく》だけの存在の精霊《せいれい》の中で、人の形をとった存在。人外の彼らは一様に容姿は美しく、黒髪《くろかみ》に黒い瞳《ひとみ》で、顔や身体《からだ》には魔力の強さを表す紋様《もんよう》が刻み込まれていた。

酷く魅力《みりょく》的で、酷く残酷《ざんこく》で、世界の一時代を支配した彼らのことは、不自然なほど人の口に上ることはない。

妖精族は魔力を自由に操《あやつ》ることが出来たが今は存在せず、遥《はる》か昔人間と添《そ》い遂《と》げた者の末裔《まつえい》が、アルフレインが長となるブランデル一族だった。

長い年月の中、一族の中には時折先祖返りをし、特別な能力を持つ者が生まれることがあった。アルフレインもその一人だ。

アルフレインの力は、触れる相手の感情を読み取ることだ。魔力の微細《びさい》な揺《ゆ》れを感じ取ってだとか、古《いにしえ》の妖精族の力の名残《なごり》などと、様々な憶測《おくそく》はあるが、その真の力の意味を知るのはブランデル一族の当主だけだ。

先代の父から数年前に家督《かとく》を継《つ》いだアルフレインはようやくその意味を知ったが、普段《ふだん》はその力を極力使わないようにしてきた。相手の感情の読み取りはアルフレイン自身の心にも負担がかかるからだ。

特に様々な欲望の念はそれだけ強い力を持ち、アルフレインを蝕《むしば》もうとする。もちろん、それに敗北するような弱い精神力ではなかったが。

そしてもう一つ、誰《だれ》にも、それこそ父親にもない力がアルフレインにはある。その力のことは、アルフレインの胸の奥底にしまい込み、誰にも知らせることはない。

そうでなくとも、強大な力を持っていたとされる妖精族の過去の所業は大陸中の人々が知っており、その存在は今では禁忌《きんき》とされているくらいだ。ブランデル一族が妖精族の血を引いているということを知っているのは王族と、極々《ごくごく》限られた者達だけだ。

アルフレインは改めて目の前にいる少年を見た。

祥也に関しては、その心の内を知りたかった。少しでも祥也にとって良い方向に動けるよう、足元の小さな石でさえ取り除いてやりたいと思った。

「よろしくお願いしますっ」

握りしめた手が、強く握り返される。祥也の純粋《じゅんすい》な感謝の思いが心地好《ここちよ》く、アルフレインは緩《ゆる》みそうになる頬《ほお》を必死で耐《た》えた。

これが一目惚《ひとめぼ》れにごく近い感情だということに、アルフレイン自身まだ気づかなかった。

第三章

異世界での生活が始まった。

保護して、後見人になってくれたのは、スレーニア大陸、プロスペーレ王国の騎士《きし》団長、アルフレイン・シェーラ・ブランデルだ。

一緒《いっしょ》に暮らすことが決まった日、お互《たが》いの情報を伝え合った。

アルフレインが貴族だというのは知っていたが、侯爵《こうしゃく》家の三男だと知った時は、思った以上の大物に驚いた。

独身で二十九歳。落ち着いた言動から、もう少し年上かと思っていたので意外に若い。

趣味《しゅみ》は狩《か》りと遠乗り、好きなものは肉。

何だかお見合いのような感じだったが、誠実に己のことを話すアルフレインには好感が急《きゅう》上昇《じょうしょう》した。

「侯爵家は一番上の兄が継いでいますが、ブランデル一族の長《おさ》は私になります」

ただ、その説明は一度聞いただけでは理解出来なかった。

貴族としての跡継《あとつ》ぎと、一族としての長は違《ちが》うらしいのだが、どうして三男のアルフレインが継ぐのかの詳《くわ》しい理由は聞けなかった。ただ、そういう認識《にんしき》だけはしておいてほしいらしい。

通常は王城内にある騎士団宿舎で過ごしているらしいが、祥也が共に暮らすことが決定してからは毎日屋敷に帰ってくるようになった。

「俺のことは気にしなくていいんですよ」

仕事に支障が出る方が困ると思うのだが、アルフレインは、

「毎日ショーヤに会いたいから」

などと、恥《は》ずかしいセリフを言うので、顔が赤くなるのを必死で我慢《がまん》するしかない。

それと、屋敷の中の使用人達とも顔を合わせた。

執事《しつじ》のベルトランを始め、料理人が一人、メイドが二人、庭師が一人で、御者《ぎょしゃ》が一人。ベルトラン以外はみんな庶民《しょみん》らしい。

部屋が幾《いく》つあるのかわからないほどの豪邸《ごうてい》に、たった六人しか使用人がいないのは不思議だったが、今まで多くの時間を騎士団宿舎で過ごし、ほぼ屋敷に帰らない日々が続いたアルフレインとしては、この人数で十分だと考えていたようだ。

しかし、そこに祥也がやってきた。

祥也自身は居候《いそうろう》させてもらうという認識だが、アルフレインはきっちり客人として迎《むか》えるつもりらしく、新たにメイド一人を雇《やと》ってくれた。

他人に世話をされることなどなかった祥也は落ち着かないが、可愛《かわい》い子が入って嬉《うれ》しいとこっそり御者のダリルに礼を言われたので、一応最低限は受け入れることにした。

そう言えば、祥也が二十歳《はたち》だと教えた時、アルフレイン達にかなり驚《おどろ》かれたのは心外だ。初めの印象通り、この国の人はかなり体格が良い。アルフレインは騎士団長という役職を考えれば細身なのだろうが、それでも祥也とは二回りは違った。

顔も、幼く見えていたらしいと婉曲《えんきょく》に言われてしまい、なんと言っていいのか迷ってしまったくらいだ。

「十……四、くらいだと」

そう言われたが、たぶんもっと低く思っていたはずだ。成人を迎えている祥也にとっては不本意な誤解だが、周りの人達が過保護と思えるほど自分を気遣《きづか》ってくれる理由も何となく理解出来た。

その上で、祥也はまずアルフレインに呼び方を変えてくれるよう頼《たの》んだ。《様》付けで呼ばれるのはどうも慣れないし、第一、普通《ふつう》の大学生である自分には合わない。

アルフレインは当初難色を示していたものの、何度も頼むと《ショーヤ》と呼んでくれるようになった。

次に、祥也のことを《神子》様とは呼ばないこと。そんな大そうな力もないのに、神子だと呼ばれるのは居たたまれない気がしてしかたがない。

「おはようございます、ベルトランさん」

そして、祥也が屋敷《やしき》の使用人を《さん》付けで呼ぶこと。

客人だからと、こちらは執事のベルトランがなかなか納得《なっとく》してくれなかったが、年上の、それも世話をしてくれる相手を呼び捨てには出来ない。

祥也は注意されても《さん》付けで呼ぶようにして、結局ベルトランが折れて受け入れてくれた状況《じょうきょう》だ。

「今日はどちらに？」

「ダリルに馬の世話を教えてもらおうと思ってます」

歳《とし》の近いダリルには《さん》付けはしないまま、祥也は楽しみな気持ちを隠《かく》さずにアルフレインに告げる。

「……私も教えることが出来ますが……」

なぜか、アルフレインは少し声を落とした。素人《しろうと》の祥也が屋敷の馬に触《ふ》れることを心配しているのかもしれないが、すっかり馬の魅力《みりょく》に取りつかれた祥也はとても楽しみにしていたのだ。

「大丈夫《だいじょうぶ》ですよ、ダリルの言うことをちゃんと聞いて、馬のストレスにならないようにしますから」

（その前に、日課の掃除《そうじ》もしないとな）

一応保護という形ではあるが、祥也の性格的に世話になりっぱなしなのは気が引けた。そうでなくても衣食住の心配を一切《いっさい》せずに生活出来るなんて、とんでもない好待遇《たいぐう》なのだ。

それに、万が一事情が変わってこの屋敷から出るようなことがあったら――アルフレインの言動から、今ではその心配はまったくないが、当初は祥也も様々な可能性を考えていた。だったら、少しでも自分が役に立つと思われたい。

打算的な考えだが、もともと身体《からだ》を動かすことは好きだったし、働きながらこの世界の、この国のことをいろいろ教えてもらうことにした。

「おはようございます」

「おはよう、エマさん」

一日の始まりは、起こしに来てくれるメイドのエマとの挨拶《あいさつ》だ。

携帯電話《けいたいでんわ》のアラームもなく、初めは時間通りに起きることも難しかったが、規則正しい生活をしていくうちに身体が慣れてきてくれた。

朝食はアルフレインと一緒にとり、彼が出掛《でか》ける時に玄関《げんかん》先まで見送る。

「行ってらっしゃい」

初めてそう言った時、アルフレインは棒立ちになって固まっていた。見送りの言葉など珍《めずら》しいものでもないのに、こんなに驚かれる方がびっくりした。

「お帰りなさい」

帰宅の出迎《でむか》えをした時も、アルフレインはしばらくまじまじと祥也を見つめ、やがて目を細めたその表情は心なしか嬉しそうに見えた。

翌日からは期待たっぷりの――祥也にはそう見えたが――眼差《まなざ》しを向けられたので、

「行ってらっしゃい」

今度は手を振《ふ》ると、なんとアルフレインも振り返してくれたのだ。背後のベルトラン達の驚きが気恥《きは》ずかしかったが、喜んでくれている姿は嬉しくも思った。

使用人が並んで見送るのを、当然のように受け止めているアルフレイン。なので、こういった反応はまったく予想していなかった。

「……さてと」

アルフレインを見送ると、メイド達を手伝って掃除をする。

初めは自分の部屋のベッドを整えるくらいだったが、彼女達の手が届かない高い窓ガラスを拭《ふ》くと、大げさなくらい喜んでくれた。

祥也の家はもともと女系家族で、母と姉二人に小さなころから家事を仕込まれていた。そのせいか、掃除や洗濯《せんたく》を苦にすることはないので、そこまで喜んでもらう方が戸惑《とまど》う。

何部屋あるかわからず、調度品も高そうな屋敷。これだけの屋敷をこんな少人数でまかなっているなんて、尊敬に値《あたい》する。

世話になっている以上、祥也も出来る限り協力したかった。

初めの数日間は、この屋敷とアルフレイン達のことを知ることに一生懸命《いっしょうけんめい》だった。

異世界での暮らしは元の暮らしと似ているようで違い、それを受け入れるのに一々時間が掛《か》かっていた。

しかし、みんなが優《やさ》しく自分を受け入れてくれるとわかってから、張っていた意地がゆっくり解けていった気がする。

ここにいていいのだと、自分の居場所を確保した気分だ。

そうなると、今度は外の世界のことが気になった。この世界に来て十日余り、祥也はまだ一歩も屋敷の敷地《しきち》外に出たことはない。初めて屋敷に来たのは夜だったので、街の様子も詳しくは見ていなかった。

「……どんな感じなんだろ……」

小説やゲームの中のような世界が広がっているのか。

祥也は二階の窓から外を見るが、青々と茂《しげ》っている樹木のせいでまったく様子はわからない。

(外に出てみたいけど……一人じゃ不安だし、だからと言ってアルフレインさんに頼むのも申し訳ないし……)

騎士《きし》団長という重責についているアルフレインを、自分の我が儘《まま》で振り回すなんてとんでもない。しかし、初めての場所に一人でというのも不安だった。

(まず、ベルトランさんが許してくれないだろうけど)

外見が未成年に見えるせいか、アルフレインを始め、屋敷の人間はとても過保護だ。心配されるのは嬉しい反面、成人済みの身としては複雑な思いもある。

だいたい、この国の成人は十五歳だという。それならば十分、自分のことを成人している人間だと思ってほしいのだが。

「どう思う？」

「どうって……」

馬を引く御者のダリルに声を掛けると、困ったような視線が返された。

ちなみに、今の祥也は一人で馬に乗っている。屋敷で飼われている馬はみな気性《きしょう》が優しく、初心者の祥也が乗っても嫌《いや》がる素振《そぶ》りを見せなかった。むしろ、気遣ってくれているのか歩みはゆっくりだ。

「……ショーヤ様、危なっかしいし」

「え？　俺のどこが？」

「屋敷の中でも迷子になったじゃないですか」

すぐに返された言葉に、祥也は反論出来なかった。

広さに加え、そういう造りなのか廊下《ろうか》の雰囲気《ふんいき》はどの階も一緒《いっしょ》で、覚えるのも大変だったのだ。

「でも、それは初めの数日だけだし……」

「それに、ショーヤ様の黒髪《くろかみ》や黒い瞳《ひとみ》は、この大陸ではとても珍しいんですよ。旦那《だんな》様は少しの危険も心配なんですよ」

「そっかぁ……」

祥也は少し上目づかいになり、視界に入る自分の髪《かみ》を見上げる。

祥也がこの世界で出会ったのは、アルフレインと第二王子ユーリニアス、そしてバートランド、後は屋敷の人間だけだ。銀や金、そして茶髪《ちゃぱつ》と、様々な髪の色があるが、確かに黒髪というのは今まで見たことがない。

日本人の祥也にとっては見慣れた色でも、この国の人間にはそうでもないのだ。だとしたら、変な注目を浴びてしまう可能性はある。

(沙月は……栗色《くりいろ》だったっけ。あっちじゃ天然であの色は珍しいけど、ここではそれほど目立たないのか)

沙月のことはとても気になっている。思った以上に快適な生活環境《かんきょう》を手に入れられたので、沙月の状況《じょうきょう》が気になってしかたがない。

(アルフレインさんに言ってもいいのかな……)

彼が今行っている王城に沙月はいる。王家に保護されている状況のようだが、騎士団長の彼なら会えるのではないか。

「……帰ってきたら聞いてみようかな」

「え？」

独り言が聞こえたらしいダリルが見上げてくる。

「……ううん、なんでもない。なあ、ちょっと走らせてみてもいい？」

「駄目《だめ》ですよ、今日が初めてだし」

「えー、こんなに慣れてくれているのに？」

そう言いながら祥也が首を撫《な》でると、馬が気持ちよさそうに小さく首を揺《ゆ》すった。もっと撫でろと催促《さいそく》された気がして、祥也はさらに力を入れて美しい毛並みを堪能《たんのう》する。

「お前もそう思うよなー」

「駄目ですって、俺がベルトラン様に叱《しか》られるっ」

焦《あせ》るダリルの様子が面白《おもしろ》くて、祥也は思わず笑ってしまった。


「お帰りなさいっ」

何時《いつ》ものように帰宅したアルフレインを出迎える。

「ただいま戻《もど》りました」

そう言い、アルフレインはその場でベルトランに外套《がいとう》を預けた。アルフレインの外套を脱《ぬ》がすベルトランの動きは流れるようで、そうされるアルフレインも世話をされることを当然のように受け入れていた。

こんな時、祥也は自分と彼らの常識の違《ちが》いを感じる。

(俺なんて、自分で先に脱いじゃうし)

服の着せ替《か》えを手伝ってもらうなんて、せいぜい小学校の一年生くらいまでだった気がする。

自分で出来るようになると褒《ほ》められる向こうの世界とは違い、こちらでは世話をされることを受け入れる方が喜ばれるのが不思議だ。

「何かありましたか？」

「え？」

沙月と会わせて欲しいと頼《たの》むため、気合いを入れているのがわかったのだろうか。

細やかな変化にも直《す》ぐに気づいてくれるアルフレインに驚《おど》きながら、祥也は思い切って切り出してみた。

「あの、お願いがあって」

「お願い？　ショーヤの頼みならば何でも叶《かな》えたいですが」

「そ、それは、嬉《うれ》しいけど、何でもって言うのは……」

「本心です」

そう言いながら背中に手を回され、何時ものようにエスコートされる。連れて行かれたのはいつも寛《くつろ》ぐ居間のような場所だった。

ソファに誘導《ゆうどう》されて腰《こし》を下ろすと、少しだけ間をあけてアルフレインが隣《となり》に座る。そして、無言のままじっと見つめられてしまった。

（い、言い難《にく》い……）

クールな見かけによらず世話好きなアルフレインは、祥也が頼み事をすることを喜んでいる。祥也としてはどんなに些細《ささい》な頼み事でもするのは心苦しいのに、頼《たよ》ってくれて嬉しいと、態度だけでなく言葉でも告げられた。

そう考えると、沙月に会わせて欲しいという頼み事も案外――。

「あの、アルフレインさん」

「はい」

「沙月に会わせてください」

祥也は頭を下げた。

「無事かどうか、自分の目で確認《かくにん》したいんです。お願いします」

元の世界なら、携帯電話《けいたいでんわ》などで簡単に連絡《れんらく》が取れた。だが、ここでは直接会わなければ相手の様子はまったくわからない。

王家が保護していると言われていても、あの第二王子がいる場所だ。価値がない祥也には見向きもしなかったあの男が、アルフレインのように細やかに沙月を世話してくれているとはとても思えなかった。

「……わかりましたと、即答《そくとう》出来ません」

「……っ」

想像していたのとは違う返答に、祥也はハッと顔を上げる。

こちらを見ていたアルフレインは眉《まゆ》を顰《ひそ》めていた。少し困ったような、心苦しいような、そんな複雑な表情をしている。

「今のところ、王家はサツキ様の存在を秘匿《ひとく》されています。同時に、ショーヤ、貴方《あなた》のことも」

祥也の心臓が激しく鼓動《こどう》を打つ。秘匿といっても、沙月と自分ではその意味はまったく違うはずだ。

守られるために隠《かく》されている沙月と、無かったことにされている自分。

価値のない祥也に、価値のある沙月を会わせる必要などない。あの第二王子ならそう思っていそうだ。

沙月と会ったら、まず何を話そう。

アルフレインの屋敷《やしき》のこと、馬に乗れるようになったこと。

元の世界に帰れるまで、お互《たが》い頑張《がんば》ろうと誓《ちか》いあう。昼間、そんなことを考えていた祥也は、思った以上に落ち込んで徐々《じょじょ》に頭が下がっていった。

しかし、

「ショーヤ」

その頬《ほお》に、大きな手が触《ふ》れた。

「そんな顔をしないでください」

そっと上を向くように促《うなが》され、祥也はおずおずと視線を上げる。膝《ひざ》の上で無意識にこぶしを握《にぎ》り締《し》めていた手に、彼のもう片方の手が重ねられた。

「私にとって、貴方は大切な方です。この世界に必要だからこそ呼ばれたと、私はそう確信しています」

「……」

「ユーリニアス様に、今一度申し入れをしますので、もう少し待っていただけますか？」

「……すみません」

(俺、凄《すご》く迷惑《めいわく》かけてるよな……)

沙月に会いたいという些細な願いのつもりが、何だかとてつもなく大変なことだと改めて思い知った気分だ。

知らない間に沙月との距離《きょり》が遠くなってしまったことに溜《た》め息が漏《も》れそうになるものの、アルフレインに心配を掛《か》けたくなくて我慢《がまん》した。

「謝る必要などありません」

アルフレインはそう言ってくれたが、祥也は声にならない謝罪を何度も繰《く》り返した。

それから、祥也は沙月の名前を出さないようにした。けして沙月のことを忘れたいわけでも、切り離《はな》したいわけでもないが、自分が口にすることで、アルフレインを困らせたくないからだ。王族に仕える騎士《きし》団長の彼の立場を悪くしたくない。

心配なのは変わらないが、それを自分の心の内に秘《ひ》めることにした。

「行ってらっしゃい」

「……」

もう日課になった言葉でアルフレインを見送ると、なぜか今日の彼は直ぐに出掛《でか》けなかった。しばらく祥也を見下ろしていたかと思うと、少しだけ笑《え》みを見せる。

「ショーヤ、明日、私に付き合っていただけませんか？」

「明日？」

初めての誘《さそ》いに内心首を傾《かし》げたが、祥也に断る気持ちはなかった。

「いいですよ、何するんですか？　日曜大工……はないか、庭仕事……でもないよな」

アルフレインが屋敷の雑用をするイメージはない。だとしたら、先日も言っていた乗馬の訓練をしてくれるのだろうか。

いろんな想像で頭の中がグルグルしていると、頭上でくすりと笑う気配がしてそっと手を握られた。慌《あわ》ててアルフレインの顔を見上げると、珍《めずら》しく悪戯《いたずら》っぽい表情をしている。

「町へ行きませんか」

「……町？」

「ずっと屋敷の雑用をしてくださっていたでしょう？　そのお礼というほどのことではありませんが、ショーヤに王都を案内したいと思います」

「ほ、本当に？」

思いがけない申し出に、祥也は驚いて固まった。外に出たいとずっと思っていたが、それを口にするのは我が儘《まま》だとわかっていたからだ。

そうでなくても先日アルフレインから、王家は祥也と沙月の存在を隠していると聞いたばかりなので、絶対にこの屋敷から出ることは出来ないと諦《あきら》めていたくらいだった。

「……いいんですか？」

恐《おそ》る恐る尋《たず》ねると、アルフレインは握った手に力を込める。

「貴方にこの国のことを知ってもらいたい。私の我が儘です」

「アルフレインさん……っ」

思わず、祥也はアルフレインに抱《だ》きついた。こみ上げてくる嬉しさを表現する方法がこれしかなかった。

きっと、言葉で言うほど簡単なことではなかったはずだ。王家側の説得はもちろん、彼の仕事の調整だってあっただろう。本当なら、「家でおとなしくしています、外に出なくてもいいですよ」と言うべきかもしれない。だが、祥也の中にあった鬱々《うつうつ》とした感情は、それではいつまで経《た》っても晴れることはなかっただろう。

（アルフレインさん、凄いっ）

まるで祥也の気持ちが見えているかのような気遣《きづか》いに、祥也は感謝の気持ちでいっぱいだった。

「ありがとうっ」

突然《とつぜん》抱きついた祥也にびくともせず、アルフレインはしっかりと抱き留めてくれる。そして、次の瞬間《しゅんかん》耳元で響《ひび》きの良い声が聞こえた。

「バートランドが貴方に面会を求めてきました」

「……っ」

あまりの良い声に心臓の鼓動が速くなる。それが落ち着くと、ようやく今の言葉の意味が頭の中に入ってきた。

「バート……」

「しっ、声を落として。彼の名はあまり表に出さない方が良いのです」

続けて何か言われたが、改めて気づいてしまったアルフレインとのあまりに近い距離に、また頭の中がパニックになる。最初に抱きついてしまったのは祥也だが、こうなると離れるタイミングが摑《つか》めない。

「私が伝言を受けると言ったのですが、貴方に直接話したいそうです」

「え、えっと……」

（バートランドさん、だよな）

落ち着け落ち着けと、何度も自身に言い聞かせながら、祥也はようやく前回の別れ際《ぎわ》に言われた言葉を思い出した。

『私も初めて拝見するので、過去の文献《ぶんけん》を遡《さかのぼ》って調べてみます。必ず貴方様《あなた》の御力《おちから》の意味を見つけ出しますので、どうか今しばらくお待ちください』

（……あれ、か？）

《真実の宝珠《ほうじゅ》》というものに触れた時に現れた、あの不思議な赤い点の意味がわかったということか。

もちろん、祥也もその意味を知りたかったので、会わないという選択《せんたく》はなかった。

「あ、会います。お願いします」

「……承知致《いた》しました」

アルフレインから言ってくれたのに、祥也がそう伝えると何だか眉間《みけん》に皺《しわ》が出来たような……気がする。

しかし、それは直《す》ぐに消えた。

「それでは、行ってまいります」

「あ、はい、行ってらっしゃいっ」

改めて見送った祥也は深く息をついた。朝から思いがけないことで驚《おどろ》いてしまったが、それでも明日の外出が楽しみでしかたがない。

「それでは、ショーヤ様は明日の支度《したく》を致しましょうか」

そのままいつものように朝の掃除《そうじ》を手伝おうとした祥也は、ベルトランの言葉に首を傾げた。

「支度って、明日ですよ？」

特に準備をする必要もないと思うが、ベルトランはいいえと力強く主張する。

「ショーヤ様の初めての外出ですから、皆《みな》、心して支度の準備をするように」

「はいっ」

「ええ？」

「ショーヤ様、こちらに」

「えっ？　な、何？」

張り切る使用人達の返答に、祥也は一人戸惑《とまど》っていた。

そして、翌日。

出掛ける前から疲《つか》れ切っていた祥也を見て、アルフレインは珍しく声を出して笑っていた。

「外出は今からですよ」

「……はぁ」

もちろん、わかっている。しかし、祥也は昨日から疲れ切っていた。

(町に行くだけで、あんなに着替《きが》えをしないといけないとか……)

祥也はいつも着ているようなシャツとズボンで十分だと思っていたのに、ベルトラン以下、使用人達全員の駄目《だめ》出しが出たのだ。しかも、その理由が祥也の魅力《みりょく》を最大限に出し、かつ珍しい黒髪《くろかみ》や黒い瞳《ひとみ》を目立たせないようにするためという、なんとも言えない理由だったものだから、祥也も逃《に》げることが出来なかった。

皆が総出で着飾《きかざ》ってくれたが、やはり自分みたいな平凡《へいぼん》な人間には似合わないだろうか。

祥也は自分の姿を見下ろしてみる。組み合わせはシャツとズボンだが、手触《てざわ》りはとても上等な物だし、上品に刺繍《ししゅう》が施《ほどこ》されていた。

ただ、黒髪を見せないため、すっぽりとフード付きマントを着ている。それにも金の縁取《ふちど》りがされているのが豪奢《ごうしゃ》だ。

黒い瞳は、眼鏡をして誤魔化《ごまか》した。認識齟齬《にんしきそご》の機能がある魔道具《まどうぐ》らしい。コンタクトなどをして実際に目の色を変えているわけでなく、相手から見た祥也の瞳が青色に見えるそうだ。

「楽しんでらっしゃいませ」

「……ありがとうございます」

（みんな悪気はないんだし……）

元々洋服にそれほど興味がない祥也にとって、昨日のファッションショーはかなり苦痛だったが、真剣《しんけん》に考えてくれる彼らの思いまで否定するつもりはない。

そう考えなおし、馬車に乗る時には気持ちを切り替《か》えた。

「よろしく、ダリル」

「任せてください」

張り切るダリルに笑い、座席に座り直した祥也はふとこちらを見ているアルフレインの視線に気づく。

「えっと……変ですか？」

「……残念だと思いまして」

やはり似合わないお洒落《しゃれ》をしているのだろうと落ち込みかけたが、

「貴方《あなた》の美しい黒髪や瞳を見られないのは残念です」

「……は？」

一瞬《いっしゅん》聞き間《ま》違《ちが》いかもしれないと思ったが、真面目《まじめ》な顔をしているアルフレインにとっては本心らしい。

「あ……いや……」

「ですが、これも貴方の身の安全のためですからしかたありませんね」

「は、はぁ」

恥《は》ずかしい言葉なのに、あまりにも平然と伝えられるので、笑い飛ばすことも誤魔化すことも出来ず、ただ恥ずかしさに身を縮めるしかなかった。

（こ、この世界の人って、普通《ふつう》に誉《ほ》め言葉を使うよな）

何ともむず痒《がゆ》い気持ちから始まった王都見学だが、屋敷《やしき》を出た瞬間からそんな気持ちは見事に吹《ふ》っ飛んだ。

「わぁ……」

初めて見るその光景は、まさにファンタジーそのものの世界だった。

一見して城に見えるほどの立派な建物に、道を行き交《か》うレトロな馬車。

見回りなのか、武装した兵士達が道を歩いているが、その腰《こし》にはきちんと剣《けん》が携《たずさ》えられている。

（すご……本当に違《ちが》う世界なんだ……）

高級住宅地のような貴族街の門を出ると、今度はその光景に色と騒《ざわ》めき、そして匂《にお》いが加わった。

行き交う人々の、女性は踵位《かかと》まである長いワンピースドレス、男性はシャツとズボンが一般《いっぱん》的らしい。服の色は案外地味だが、青や赤、そして緑色もあるカラフルな髪色《かみ》に目を奪《うば》われた。

「安いよ！　焼き串《ぐし》一本どうだい！」

「こっちの肉団子は美味《うま》いよ！」

屋台もずらりと並んでいて、美味《おい》しそうな匂いが漂《ただよ》っている。

そして、子供も数多くいた。幼い子は親らしい女性に手を引かれて、小学生以上の子は荷物を運んだり、売り子をしたりして、立派な働き手のようだ。

「……学校……行かないのか？」

祥也の呟《つぶや》きは、しっかりアルフレインの耳に届いたらしい。

「貴族や富豪《ふごう》の子女が通う学院はあります。庶民《しょみん》も、八歳から十歳までの二年間、学び舎《や》に通って読み書きや数式を習いますが、まともに通う子供は少ないです」

アルフレインの声は落ち着いているが、外を見つめる眼差《まなざ》しは厳しい。彼にも何か思う所があるのかもしれない。

知らない国の教育問題に口を出す権利はないものの、日本の義務教育というものが普通だった祥也にとっても、今聞いた話は複雑な思いを抱《いだ》くのに十分だった。

（食べるために働くのが当然の世界、か）

何だか、衣食住、それも恵《めぐ》まれた環境《かんきょう》で保護されているのが申し訳ない。

「降りてみますか？」

「え……いいんですか？」

「屋敷では出来ない食べ歩きをしましょう」

ベルトランには秘密ですと、少しだけ悪戯《いたずら》っぽく言うアルフレインは、もしかしたら落ち込んでいる祥也を慰《なぐさ》めようとしてくれたのかもしれない。

「……ありがとうございます、嬉《うれ》しいです」

祥也の返事に、アルフレインは直《す》ぐに馬車を止めるよう命じた。

「昼過ぎには戻《もど》る」

「はい」

どうやら近くに馬車を預かる場所があるらしく、ダリルはそこで待機ということで、町の散策はアルフレインと祥也の二人だ。

護衛はいない……いや、騎士《きし》団長が付いているだけでとてつもなく心強い。

「ショーヤ」

馬車を降りると、アルフレインが手を差し出してくる。この歳《とし》になって男同士で手を繋《つな》ぐのは恥ずかしいものがあるが、迷子にならないためだと説明されると拒《こば》む方がおかしくなる。

「それと、私のことはアレン、と」

「アレン？」

「王都の者は騎士団長の名前を知っているので」

確かに、そうだ。

(でも、もう目立ってるけど……)

二メートルを超《こ》す長身に、バランスの取れたスタイル。輝《かがや》く銀髪《ぎんぱつ》に灰銀の瞳と、端整《たんせい》な容貌《ようぼう》。これだけでも十分女性達の目を引いていた。

「行きましょう」

しかし、当のアルフレインはまったく視線を気にすることもなく、祥也の手をしっかりと握《にぎ》って歩き始めた。

歩き始めると、祥也も視線が気にならなくなる。それよりも自分が周りを見ることに一生懸《いっしょうけん》命《めい》になったからだ。

「あれ、何ですか?」

「魔物《まもの》の素材を専門に扱《あつか》っている店のようですね。討伐《とうばつ》されるものも多いですから。向こうの屋台は魔物肉専門みたいですよ」

一見して動物の毛皮だとはわかるが、それが魔物のものだというだけでもテンションが上がる。鋭《するど》い牙《きば》や爪《つめ》もそうだ。

「えっと、前に言っていた魔石を持っている魔物ですよね?　食べられるんですか?」

「魔力を帯びた肉は美味いと言われていますね」

「へぇ」

(どんな味がするんだろ……)

「屋敷でも魔物肉は出していますが」

「えっ、あの料理、魔物だったんですかっ？」

衝撃《しょうげき》の事実に声が上擦《うわず》るが、この世界では魔物の肉の方が獣《けもの》や家畜《かちく》よりも美味しいらしい。

特に魔力のある者にとっては滋養強壮《じようきょうそう》の効果が高いそうだ。

屋敷で食べる料理はどれも美味しいが、今屋台から流れてくるタレの匂いはかなりパンチが効いている。

(美味そう……)

「食べましょう」

手を引かれ、屋台の行列に並ぶ。アルフレインのような人が並んでもいいのだろうかと心配になるが、彼自身は何も気にした様子はない。

「店主、二本頼《たの》む」

「あいよっ」

威勢《いせい》の良い声と共に、串《くし》に刺《さ》さった大ぶりの肉が差し出された。

「でか……」

焼き鳥のようなものだと思っていたが、実際に見るその大きさは祥也の想像以上のものだった。三個の塊《かたまり》が刺さっているが、一つがテニスボールくらいの大きさなのだ。重さもかなりあるみたいで、祥也は両手で串を持たなければならなかった。

ちらりと見るとアルフレインが差し出したのは銀貨一枚。釣《つ》りが大銅貨一枚。銀貨は千円で、大銅貨は五百円くらいの価値だったと、この国の勉強の時にベルトランから教わった。

（え？　じゃあ、この串一本二百五十円？　安過ぎだろ！）

「少し高めですが、魔物肉であるのと、この味では当然ですね」

「えっ」

（これで高いっ？）

祥也の価値観とこちらでは結構な相違《そうい》があるようだが、促《うなが》されて食べた肉は本当に美味しくて、値段のことなど頭の中から消えてしまった。

「美味い！　美味しいよ、おじさんっ」

祥也は満面の笑《え》みで屋台の店主に告げる。店主はその勢いに少し驚《おどろ》いたようだが、直ぐに豪《ごう》快《かい》に笑いながらもう一本焼き立ての串をくれた。

「そんな美味そうな顔を見せてくれたんじゃあ、オマケの一つでもやらなきゃなあ」

「えっ、駄目《だめ》だって、こんなに美味しいのにオマケとか勿体《もったい》ない！」

それに、塊二個を食べた時点で腹がいっぱいになっている。

本気で首を横に振《ふ》ったが、店主は持ってけとアルフレインに押し付けた。

「坊主《ぼうず》の美味そうな顔で、どうやら客も増えてきた。ありがとよ」

その言葉に慌《あわ》てて視線を移せば、行列に次々と客が並び始めていた。美味しそうに食べている人の物は食べたくなるというが、どうやらそれは世界共通のようだ。

「ショーヤ、邪魔《じゃま》になりますから行きましょう」

「あ、はい。ありがとう、おじさんっ」

祥也が礼を言うと店主は片手を上げて応《こた》えてくれ、次々に肉を焼き始める。

「……あ、アレンさん、この代金、俺が払《はら》いますから」

実は、今朝ベルトランから思いがけず小遣《こづか》いを貰《もら》えた。そうでなくても世話になりっぱなしなのですぐに断ったが、

『手伝いの給金と思っていただければ。些少《さしょう》ですが』

そう言って、金貨一枚を上等な小袋《こぶくろ》に入れて持たせてくれたのだ。

祥也にとっては居候《いそうろう》の礼にもならない手伝いだったが、そう評価してもらえて素直《すなお》に嬉しく思った。

金貨一枚は一万円くらいの価値だ。日本と比べるとはるかに物価が安いこの世界では大金なので、絶対に落とさないよう胸元《むなもと》に入れて持っていたのだ。

「それは、ショーヤが欲しいものを買ってください。足りなければ出しますから」

「そ、それは、大丈夫《だいじょうぶ》っ、いいですからっ」

（アルフレインさんって、貢《みつ》ぎ癖《ぐせ》があるとかないよな？）

今回のことだけでなく、彼は頻繁《ひんぱん》に祥也に土産《みやげ》を買ってきてくれる。それは美味しいと評判の菓子《かし》だったり、絵本だったり、服だったり。

何も持たずにこの世界にやってきた祥也のためだろうが、何だか申し訳なくてたまらない。

（俺は返すものなんかないのに……）

尽《つ》くされることに、祥也はいまだ慣れなかった。

「ショーヤ、この肉食べますか？」

「う……ごめんなさい、お腹《なか》いっぱいです」

「では、私がいただきますね」

そう言って、アルフレインはサービスで貰った肉を食べる。貴族なのに立ち食いしていいのかと思う反面、食べ方は貴族らしくとても綺麗《きれい》だ。

食べるだけで絵になる人もいるんだなと、祥也は残りの一個に齧《かじ》りついた。

第四章

「アレンさんッ、あっちも見ていいですか？」

繋《つな》いでいた手を引っ張り、子供のように無邪気《むじゃき》に笑う祥也に、アルフレインは当然のように頷《うなず》いた。今日は祥也がしたいこと、見たいことを、出来るだけ叶《かな》えるつもりだった。

一緒《いっしょ》に暮らし始めた祥也はとても勤勉で、真面目《まじめ》だった。保護されている身だというのに安穏《あんのん》とせず、自ら労働を申し出て屋敷《やしき》の中を動き回る。

初めは見慣れぬ黒髪《くろかみ》に黒い瞳《ひとみ》の少年に距離《きより》を置いていた屋敷の使用人達も、彼を気に入るのにそれほど時間はかからなかった。

ブランデル家のことを第一に考えている執事《しつじ》のベルトランが、こんなにも短い時間で祥也を受け入れたことが意外だったくらいだ。

アルフレイン自身、己《おのれ》の生まれと現在の地位目当てで寄ってくる者達に辟易《へきえき》して、若干人嫌《じゃっかんひとぎら》いになりかけていたが、祥也の欲のない眼差《まなざ》しが心地好《ここちよ》く、好感は次第《しだい》に好意へと変化していった。

この大陸の言葉は話せるが、読めないし書けないことがわかると、祥也は使用人達に教えを乞《こ》い、その合間を縫《ぬ》ってさらに屋敷の中を仕事を探して動き回る。

働き者だという言葉だけでは片付けられないと思った。

しかし、一見元気そうに見える祥也の心の内は、大きな不安を抱《かか》えているようだった。それを打ち明けてもらえないことが寂《さび》しく、アルフレインは特殊《とくしゅ》能力を使って祥也の感情を読み取った。

相手からの好意、悪意。喜び、悲しみ、苦しみ。

感情を読み取ると言っても、今までのそれは感情の揺《ゆ》れから感じ取るというものだった。

しかし、祥也相手だと、もっと明確なものが読み取れた。あれがしたい、これが食べたい。何を求めているのか、これほど明確な感情を感じ取れるのはアルフレインにとっても初めてのことだ。

勝手に感情を読み取るなど、祥也からすれば失礼極《きわ》まりないことだが、先回りをして彼が望むことをするのに躊躇《ためら》いはまったくなかった。

「アレンさん、あの店入っていいですか？」

祥也が指さしたのは革《かわ》製品を扱《あつか》う屋台だ。割と安価だが、なかなか造りは丁寧《ていねい》に見える。

「何か欲しいんですか？」

それならば、もっと良い店で自分が買ってやろうと思ったが、祥也から返ってきたのは思いがけない答えだった。

「みんなのお土産にいいかと思って」

「……土産？　みんなというと……」

「ベルトランさんたちです。あ、でも、食べ物の方が良いかな」

どうやら祥也は屋敷の使用人達に土産を買うつもりらしい。

そんなことなどしなくていい……アルフレインはそう言いそうになるのを止《や》めた。祥也の優《やさ》しさが尊いと感じたからだ。

（ベルトランの思惑《おもわく》は外れたようだがな）

給金の代わりだと小遣いを渡《わた》したベルトランは、それで祥也に楽しんでもらおうと考えたに違《ちが》いない。あの敏《さと》い執事はここ数日の祥也の変化を感じ取り、今回の外出を後押ししてきたくらいだ。

（本当に、不思議な少年だ）

いや、青年と言わなければ、祥也は拗《す》ねてしまうかもしれない。

この短期間にするりと屋敷の人間の中に溶《と》け込んだだけでなく、人嫌い気味の自分をこうも世話焼きに変えてしまった祥也という存在は、本当に不思議で――愛らしい。

「ショーヤが贈《おく》るものは何でも喜ぶと思いますよ」

「そうかな。そうだと嬉《うれ》しいけど……」

照れくさそうに笑《え》む祥也を促すように、自然に手を取って歩き出す。

【嬉しい】

触《ふ》れた手を通して伝わってくる祥也の感情。素直《すなお》なその心情がアルフレインにとっても心地好い。

「行きましょう」

「はい。こんにちは、見てもいいですか？」

丁寧に挨拶《あいさつ》する祥也に、店主は少しだけ驚《おどろ》いた顔をした後、無言で頷いてみせた。客相手にしては愛想《あいそ》のない態度だが、初めて見る革製品に目が奪《うば》われているらしい祥也は気にした様子はない。それどころか、気になることを次々に質問し、職人気質《かたぎ》らしい店主が積極的に説明を始めるまでに時間はかからなかった。

「わ、これも凄《すご》いっ」

「ああ、そいつはな」

二人の弾《はず》む会話を聞きながら、アルフレインはふと考える。

（このままずっと……祥也が側《そば》にいてくれたなら……）

そうなればきっと、アルフレインの人生はもっと豊かに、そして楽しいものになるような気がする。

祥也が望んでくれたなら。

「あれ？」

ふと、祥也が不思議そうな声を上げた。アルフレインがその視線の先を追うと、そこにあったのは小さな小物売りの屋台だ。それ自体は珍《めずら》しいものではなかったが、並べられているものを見たアルフレインは眉《まゆ》を顰《ひそ》めた。

（どうしてあんなものが……）

木彫《きぼ》りの置物は大陸の女神《めがみ》を象《かたど》ったものだったが、その隅《すみ》に、まるで隠《かく》されるようにして女神に匹敵《ひってき》するような美しい女の像がある。その像には――。

「あれ、模様ですか？」

女の像の顔から身体《からだ》に掛《か》けて、赤い蔦《つた》のようなものが描《か》かれていた。なぜわざわざそんな模様を描いたのかと、祥也は疑問に思ったようだ。

「……王都ではほとんど見かけないのですが、あれは……妖精《ようせい》族を模しているようですね」

「妖精族ですか？　え、妖精がいるんですか？」

興味があるのか、祥也がパッと目を輝《かがや》かせる。どうやら祥也は妖精族に忌避《きひ》感はないらしいが、この王都で妖精族を模したものを売るなど、あの屋台の主人は地方の出かもしれない。地方ではごく限られた者の間で、絶対的な力を持っていた妖精族を崇《あが》め、信仰《しんこう》する者がいるのだ。

だが、こんなふうに人通りの多い場所で堂々と売っていれば、近いうちに衛兵に注意されるだろう。

「アレンさん」

どうやら答えを待っているらしい祥也に、妖精族という存在をどう説明するか。

「今は存在しません。遥《はる》か昔にその血は途絶《とだ》えたと言われています」

「え……妖精なのに死ぬんですか？」

「精霊《せいれい》とは違い、妖精は人の形を持つ者です。そのぶん人間と近く……欲で汚《けが》れてしまった存在です。この国、いえ、大陸全体であまり良くないとされているので、ショーヤも口にされない方がいい」

ショーヤには、忌《い》み嫌《きら》われている妖精族のことを知らせたくない。

「行きましょう」

アルフレインは大切なものを周りの目から隠すように、そっとその細い背に手を回した。

＊　＊　＊

妖精がいる。

そう聞いた時、さすがファンタジーだと興奮してしまった。しかし、アルフレインの重い口調から、その存在があまり良くないもののようだということもわかった。もっと知りたいと思う好奇心は抑《おさ》え込んだ方が良いかもしれない。

祥也のことを思ってくれているアルフレインのことを、祥也も気遣《きづか》いたかった。

初めての異世界の町は初めて見るものだけでなく、日本にあったものに近いようなものも売られたりして、数時間ほどだが祥也はとても楽しめた。

屋台での食べ歩きで腹は膨《ふく》れ、屋敷の使用人達への土産《みやげ》も確保したので大満足だ。

「では、行きましょうか」

馬車は町の門を出て、目の前の森へと向かっている。一面の緑の場所が《聖なる森》で、森の浅い場所にバートランドがいるあの不思議な建物があるらしい。

「……」

森が近づいてくると、緊張《きんちょう》が高まってきた。自分のことなのですべて知っておきたいという気持ちはあったが、何を言われるのかまったく予想がつかないので不安の方が大きいくらいだ。

(癒《いや》しの力がないのはしかたないけど……あの赤い点の意味……あれって何だろ……)

自分という存在が不要なだけでなく、もしかしたら良くないものであるかもしれない。

そうなってしまうと、今まで親切にしてくれたアルフレインや、屋敷《やしき》の使用人達とも離《はな》れなければならないかも……しれない。

悪い方へばかり想像して、祥也は緊張に顔を強張《こわば》らせる。膝《ひざ》の上で両手を強く握《にぎ》りしめていると、大きな手が包むように重なるのが見えた。

「何も不安に思うことはありません」

「アレンさ……あ、アルフレインさん」

今日はずっとアレンと呼んでいたので、ついそのままになってしまった。慌《あわ》てて言い直したが、アレンは顔を寄せて囁《ささや》いてくる。

「アレンで構いません。この名は家族から呼ばれる私の愛称《あいしょう》ですから、ショーヤにもそのまま呼んで欲しいです」

「家族からって、俺なんかが呼んだりしたら……」

「私が望んでいるのです」

いいのだろうかと思う一方で、愛称を許されるほどアルフレインが祥也に気を許してくれているのが素直《すなお》に嬉しかった。それに、申し訳ないが日本人としては長い横文字の名前は少し言い難《にく》い。

「ありがとうございます、アレンさん」

祥也がそう言うと、アルフレインが目を細めている。嬉しそうだなと、アルフレインの表情の変化を読み取れるのがくすぐったい。

しばらくすると、馬車が静かに停《と》まった。

「アルフレイン様」

「わかった。……ショーヤ、ダリルはここまでしか入れません。少し歩くことになりますが」

「大丈夫《だいじょうぶ》です」

出来れば、歩いている間に気持ちを落ち着かせたかった。

祥也は馬車を降り、ダリルに礼を言ってアルフレインと歩き始めた。周りは同じような木々ばかりなのに、彼は迷うことなく歩いている。

「……目印とかあるんですか？」

「魔力《まりょく》を感じるんです」

「魔力？」

ピンとこないが、その魔力に導かれて、どんなに周りが変化したとしてもちゃんとあの建物に辿《たど》り着けるらしい。

その言葉通り、ずっと同じ光景かと思っていれば急に目の前に建物が現れた。この世界に初めて来た日にやってきた石造りの建物だ。

ふと、その入り口でアルフレインが足を止めた。

「アレンさん？」

不思議に思って見上げると、彼は難しい表情をして建物を見つめていた。

「今日、私は中に立ち入ることを許されていません」

「え？」

「バートランドが言うには、貴方《あなた》にしか告げられない、《癒し人》に関する重要な話だと。ショーヤ、一人でも大丈夫ですか」

大丈夫じゃない。

そう言いたいのを我慢《がまん》し、祥也は頷《うなず》いてみせた。どんなことを告げられるのかわからないが、まず自分だけに話してもらえるのならその後の対応も考えられる……と、思う。

「……行ってきます」

祥也はそう言い、ゆっくりと木製のドアを開いた。本当はその場で立ち止まり、アルフレインを振《ふ》り返りたかったが、そんなことをすれば彼に心配させてしまうこともわかっている。

(俺が、ちゃんと自分で受け止めないと)

建物の奥に行くと、茶髪《ちゃぱつ》に茶色い瞳《ひとみ》の主が待っていた。

前回は人好きするような柔《やわ》らかい笑《え》みを見せてくれていたのに、今日のバートランドはとても硬《かた》い表情をしている。

「こ、こんにちは」

喉《のど》に引っ掛かりそうな声で言うと、バートランドはすっとその場に跪《ひざまず》いた。

「《神子》様」

「え……」

会うなりそう言われた祥也が戸惑っていると、バートランドは一度小さく息を吐く。

「わざわざお越《こ》しいただき、申し訳ありません、《癒し人》様」

「え、違《ちが》いますよ、《癒し人》は沙月の方で……」

「貴方もなのです、ショーヤ様。ショーヤ様、私はあの夜から改めて文献《ぶんけん》を読み漁《あさ》りました。今まで数えきれないほど読んだはずなのですが、不思議と新たな文が加わっていたのです」

「文が……加わる？」

意味がわからなくて繰《く》り返すと、立ち上がったバートランドが机の上に置いてあった分厚い本を手に取った。見るからに古びていて、今にもバラけてしまいそうだ。

「私の記憶《きおく》にある限り、その文の後は空白のはずでした。それが、もう一度読み返した時に付け加えられていたのです。そこにはこう書かれておりました。……《世界が必要とした時、赤き命の癒しを行う者は、生涯《しょうがい》に一度だけ異なる世界の力と妖精《ようせい》族の力で、死者をも蘇《よみがえ》らせる強力な癒しの力を持つ。ただし――その力と引き替《か》えに、命を失うだろう》と。それだけではないのですよ、私は新たな発見をしたのですっ」

「は、はぁ」

話しているうちに興奮したのか、バートランドが身体《からだ》ごと迫《せま》ってくる。その勢いに押され、祥也は数歩後退《あとずさ》った。

「《癒し人》はそもそも精霊の魔力で人々を癒すと言われておりましたが、過去にお一人だけ、妖精族の力を持った《癒し人》もいらしたらしいのですっ」

「妖精族、ですか？」

今まで何度か聞いた言葉。だが、話してくれたアルフレインはどこか言葉を濁《にご》していて、あまりいい存在ではない雰囲気《ふんいき》を感じた。そんな妖精族の力が《癒し人》に関係あるなんて、びっくりだ。

「妖精族は、その、いろいろと言われておりまして、今では禁忌《きんき》としてその名を呼ぶのも避《さ》けられております。ですが、精霊の中でもより力を持った者が人の形をもった妖精族になったと言われるほど、その力はとても強大なものだと聞いておりました」

「あの、じゃあ、沙月は精霊の力と、妖精の力、二つあるってことですか？」

「いいえ。サツキ様には精霊の力しかございませんでした。神の悪戯《いたずら》か、それともショーヤ様にしか使いこなせない力なのか……。赤は妖精が好む色です。ショーヤ様の御力《おちから》は、妖精族の力を使ったものなのだと推察いたしました」

　この世界に導かれるのは一人だけだったはずが二人になってしまい、一人には精霊の力が、そしてもう一人には妖精の力が宿ったというのだろうか。一度だけの癒しの力が、祥也に備わってしまったとは。

「今までその話が伝わってこなかったことが不思議です。まあ、妖精族の存在を避けてきたのでしかたがないのかもしれませんが」

　この世界はある一定の期間で清浄《せいじょう》な気が薄《うす》れてしまい、飢餓《きが》や伝染病《でんせん》、そして戦争が起きて多くの人間の命を奪《うば》ってしまう。それを改善するために、別の世界の清浄な気を多く持つ者を呼び寄せるらしい。

神様の御心《みこころ》らしいが、祥也はそうですかと素直《すなお》に頷けなかった。あまりにも荒唐無稽《こうとうむけい》な話なのに、自分達二人が見知らぬ場所にいる時点で信じざるをえない。

生涯に一度の、強力な癒しの力。

己《おのれ》の命と引き換《か》えというのは、命を懸《か》ければ死んだ誰《だれ》かをも蘇らせることが出来るということなのか。

「そ……な、そんな力、持ってたって！」

人を救うことは立派なことで、祥也だって死にそうな人を見殺しになんてしたくない。しかし、それが自分の命を代償《だいしょう》にするとなると話は違う。死んだら、そこで終わりなのだ。

確かに最強の力かもしれないが、同時に、持っていても使いようのない力。

考えもしなかった事実に、祥也は茫然《ぼうぜん》とバートランドを見つめることしか出来ない。

でも、命の危険に晒《さら》されている人が、そのことを知ったら……？

ふと、あの王子のことが頭に浮《う》かぶ。

暗殺などを最も恐《おそ》れる王族なら、祥也を手元に置いて利用することは十分考えられた。それは沙月が人を癒《いや》して喜ばれるのとは違う、当然のように命を代償とする道具のような存在。

（このこと……バートランドさんがあの王子に伝えたら……俺……）

祥也は両手で口を覆《おお》った。そうでもしないと泣きわめくか、関係のないバートランドに罵詈《ばり》雑言《ぞうごん》を浴びせそうだった。

話している時は興奮じみた雰囲気だったバートランドは、今、祥也をじっと見つめている。

何を言おうか、しかし、言葉が出てこない。そんな祥也に、やがてバートランドが静かに切り出した。

「今回私が知ったことは、この場限り、ショーヤ様、貴方以外に伝えることはありません」

「……え？」

意外な申し出に、祥也はまじまじとバートランドを見た。

「私の役目は、《癒し人》様に心安らかに過ごしていただく手助けをすること。今回お伝えしたことが貴方の御心の負担になるのならば、私は沈黙《ちんもく》を選び、今後一切《いっさい》どなたにも話すことはありません」

「で、でも、あの王子、とか」

「私にとって第一は神です。その神が選んだ貴方方を御守りするのが役目ですので」

その場限りの嘘《うそ》ではなく、本心で言っているのが嫌《いや》というほど伝わってくる。温かなバートランドの眼差《まなざ》しはとても清らかで、祥也はようやく深い息を吐《つ》くことが出来た。

問題が解決したわけではないが、それでも自分で考える時間を貰《もら》えた。

「ショーヤ様、このことは貴方様の御心に留め置かれてください。サツキ様にも話されませんように」

「沙月にも、ですか？」

「それほど、貴方様にとってこの力は切り札であり、弱みでもあるのです」

建物から出た時、既《すで》に空は赤く染まり始めていた。昼過ぎにはここに来たはずなので、思った以上に長く滞在《たいざい》していたことに驚《おどろ》いた。

「ショーヤ」

「……っ」

アルフレインは別れた時と同じ場所で、同じ眼差しを向けてくる。祥也を気遣《きづか》う優《やさ》しいその目に、何だか泣きたくなってしまった。

「何を言われたんですか？」

バートランドは、本当に今回の話をアルフレインにはまったく伝えていないようだ。何があったか知りたがるアルフレインにすべてを話してしまったら……きっと、彼は祥也にとっての最善を一緒《いっしょ》に考えてくれると思う。

しかし、すべてに沈黙を約束してくれたバートランドの言葉は重かった。

「……話せません」

「脅《おど》されましたか？」

剣呑《けんのん》とした雰囲気は怖《こわ》いくらいだが、これも祥也のことを思えばこそだとわかる。

「いいえ、俺が、話したくないんです」

「私にも？」

「……ごめんなさい」

謝ってしまうと、優しい彼がそれ以上追及《ついきゅう》出来ないとわかって言った。

予想通り、アルフレインは大きな息をついた後、右手を胸もとに当てる。

「貴方《あなた》のお言葉通り」

「……っ」

他人行儀《たにんぎょうぎ》な言葉がつらかったが、これは祥也自身が望んだ結果だ。

「帰りましょう。皆《みな》が待っています」

「……あの」

「はい」

「……俺……一緒に帰っていいんですか……？」

アルフレインの優しさを踏《ふ》みにじるようなことを言ったのに、それでもあの屋敷《やしき》に一緒に帰ろうと言ってくれる言葉に不安になる。

じっと彼を見つめると、目の前の端整《たんせい》な顔に苦笑《くしょう》が浮かんだ。

「もちろん」

そう言いながら差し出された手をしばらく見つめ、祥也はおずおずと握《にぎ》りしめる。すぐに握り返してくれた力強いそれが嬉《うれ》しくて、祥也はもう一度謝罪の言葉を口にした。

「ごめんなさい、俺……」

「謝ることなどありませんよ。ただ、話しても良いと思ったら、直《す》ぐに言ってくださいね」

「……うん」

（ありがとう、アレンさん……）

彼への好意が、また少し強くなる。

バートランドに言われたからということもあるが、祥也自身あの話をアルフレインに話そうとは……やはり今は思えなかった。それは自分にとって最大で最後の、そして命に関《かか》わる秘密だからだ。

騎士《きし》団長である彼に、王族のためにその力を使ってほしいなどと言われることが怖かった。祥也の命などそれくらいなのだと、切り捨てられるのが嫌だった。

「疲《つか》れているようなら抱《だ》き上げましょうか？」

「だ、大丈夫《だいじょうぶ》です」

そんな祥也の葛藤《かっとう》を知らないまま、アルフレインはその見掛《みか》けの武骨さとは裏腹に、細やかな気遣いをしてくれる。頼《たよ》れる者のいない世界で、保護者としては最良の相手だと、あの場に彼がいたことに祥也は改めて感謝した。

表面上はこれまでと変わらない日々が続いた。

大きな秘密を抱《かか》えた状態でも出来ることは何もなく、ただグルグルと頭の中で考えるだけだ。

アルフレインも約束通り、あの日のことを聞いてくることはなくて、それがホッとしたような、何だかもやもやとするような、複雑な気持ちが気分を左右していた頃《ころ》だった。

「え……王城に？」

「はい」

その日、帰宅したアルフレインから話があると言われた。食事の前にと言われ、それほど急な話なのかと何だか嫌な予感がした。

「サツキ様の様子がずっと不安定だと。同じ国から来たショーヤに会わせれば、それも落ち着くだろうとのことでした」

第二王子のユーリニアスの提案だと伝えられるとあまりいい気はしなかったが、沙月が不安定だというのは気になった。

大事にされていると勝手に思っていたが、もしかしたら何か問題があるのかもしれない。

「会います」

ずっと気になっていた沙月に会える。祥也は迷いなく頷《うなず》き、アルフレインもそんな祥也の答えがわかっているかのようだった。

「それでは明日、私と共に王城に向かうということでよろしいですね」

「はい、お願いします」

翌日、いつもは馬で王城に向かうアルフレインと馬車に乗り、祥也は初めて王城に向かうことになった。

会いに行くのは沙月だが、嫌でもあの第二王子と顔を合わせることになる。王族に謁見《えっけん》するということで、今日の服装はかなり上等な物を着せられた。

(どう見ても……七五三……)

祥也は落ち着きなく自身の恰好《かっこう》を見下ろした。

首元まで隠《かく》す襟《えり》のシャツは胸《むな》もとにフリルが付き、袖《そで》も少しふんわりと膨《ふく》らんだいわゆるドレスシャツなので、祥也としてはちょっと恥《は》ずかしい気持ちがある。ズボンのサイドにも刺繍《ししゅう》がしてあって、どうやらそれが精巧《せいこう》であればあるほど格式が高いらしい。

上着は羽織らず、前の外出時に使ったフード付きの外套《がいとう》に身を包んだ祥也は、ようやくこの国の王族が住む場所へと足を踏み入れることになった。

「……すご」

（本当にお城だ……）

一言で言って、城だった。それこそ、テレビなどで見たことがあるヨーロッパの城で、その大きさと荘厳《そうごん》さに圧倒《あっとう》された。

あまりに浮世離《うきよばな》れし過ぎて、ここに沙月が住んでいるとは想像出来なかった。

口を開けて城を見上げている祥也を誰《だれ》も咎《とが》めることなく、アルフレインも同行しているのでスムーズに中へと案内された。

廊下《ろうか》も壁《かべ》も柱も、大理石のような鮮《あざ》やかな模様がある石で出来ていて、土足で歩いても良いのか気が気ではない。何人もの人とすれ違《ちが》う中、彼らは祥也の隣《となり》を歩くアルフレインを見て頭を下げるので、彼が騎士団長という高位の役職を担《にな》っているのだと改めて思った。

何度角を曲がり、階段を昇《のぼ》り降りしただろうか。

「先輩《せんぱい》っ」

「うわっ」

ある部屋へと促《うなが》された祥也は、案内してくれた衛兵がドアを開けるなり中から飛び出してきた何かに抱きつかれた。

「……沙月？」

「せんぱーい……」

もう泣き声になっている沙月が胸にしがみ付いている。祥也は今の今まで緊張《きんちょう》していたことも忘れ、元気そうなその姿に本当に安堵《あんど》した。

（良かった……）

王族に保護されているとは聞いていたが、実際にその姿を目で見ると、無事だという事実に心の中の懸念《けねん》が一つ晴れた。

「……なんだよ、お前、その恰好……」

「好きで着ているんじゃないですよぉ」

沙月は真っ白なワンピースを着ている。もちろん女性が着るようなものではなく、前の世界の中東の民族衣装のようなものだ。

その下にズボンは穿《は》いているみたいだがそれも白色で、なんだか絵本の星の王子様みたいで、思わず笑ってしまった。

祥也の言葉に沙月は頬《ほお》を膨らませていたが、何だか少し痩《や》せたように見える。この世界に来てひと月あまり、祥也にとってめまぐるしい日々だったが、沙月もまた大変な日々だったのだろうと想像出来た。

「……一人でよく頑張《がんば》ったな」

沙月が不安定だと言葉で聞いた時よりも、痩せてしまったこの姿を見たら胸が詰《つ》まった。そして、自分だけ居心地《いごこち》の良い場所にいたことを後ろめたくも思う。

沙月を抱《だ》きしめたまま、祥也は顔を上げた。そこでようやく、部屋の中にいたもう一人の人物に気づいた。

その男――第二王子のユーリニアスはじっとこちらを見ている。正確には、沙月を、だ。どういうつもりで沙月の側《そば》にいるのかわからないが、それでもこんなふうに沙月を追い詰めたのだとしたら許せるはずはなかった。

睨《にら》みつける祥也の視線にようやく気づいたのか、ユーリニアスと目が合う。少しも表情を変化させない男に、祥也はますます目に力を込めた。

「先輩……」

しかし、弱々しく名前を呼ばれ、祥也はハッと沙月に視線を戻《もど》した。時間は有限なのだ、あのいけ好かない王子に構っている暇《ひま》はない。

「どうした？　何でも話してみろ」

促すように背中をポンポンと叩《たた》けば、しばらく口籠《くちご》もった沙月がようやく話を切り出した。

「先輩と離《はな》れて、ここに連れてこられて……初めは何が何だかわからなかったけど、だんだん日本とは違う国……っていうか、世界に来たんだってわかって……」

当初、沙月はこれを現実だと理解したくなかったらしい。それでも、時間が経《た》つにつれて受け入れるしかなくなってきて、そうなると一緒《いっしょ》にいたはずの祥也の存在も、もしかしたら夢だったのかもしれないと思うようになったらしい。

たった一人で見知らぬ世界にいると思うとたまらなく寂《さび》しく、それ以上に怖《こわ》くなって、鬱々《うつうつ》とした日々を過ごしていたそうだ。

「《癒《いや》し人》って言われても、俺自身そんな力感じないんです。で、でも、何度か具合が悪い人を診《み》るように言われて、その人に触《ふ》れたらすっと自分の中から何かが引き出される感覚がして、そうしたら治ったんです、その人達」

一度や二度なら、自分を騙《だま》すための芝居《しばい》かもしれないと疑っただろうが、重病の赤ん坊《ぼう》を治した時、沙月は自分に特別な力が宿ったことを自覚したらしい。

「毎日病人を診ているのか？」

「毎日じゃないです。最近は、何だかすごく疲《つか》れて……俺……」

「……ごめん、沙月。もっと早くお前に会いに来ればよかった」

「先輩」

「駄目《だめ》だって言われても、強引《ごういん》に忍《しの》び込んででも……」

いくら沙月に特別な力があるとしても、元々は日本で普《ふ》通《つう》の高校生だったのだ。急に人の生き死にに関《かか》われと言われたって、直《す》ぐに気持ちが切り替《か》わるはずがない。

沙月はとても優《やさ》しいし、穏《おだ》やかな気質だ。もしも今日会えなかったら……もしかして、沙月はもっと重篤《じゅうとく》な状態になっていたかもしれない。

「あんたっ」

そう思うとたまらなくなって、祥也はユーリニアスを見据《みす》えた。

「沙月を保護してくれているんじゃなかったのかっ？　こんなふうに痩せさせて、この国の王族は《癒し人》って存在を使い潰《つぶ》すつもりかよっ」

「ショーヤ」

感情のまま怒《いか》りをぶつけると、直ぐ側にいたアルフレインが祥也の肩《かた》に手を置く。しかし、その声音《こわね》は王族に対する不敬を咎《とが》めるというより、祥也の心配をするような気づかわし気な色を帯びていた。

アルフレインが側にいてくれる。

そう思い出した祥也は、一度大きく息をついた。ユーリニアスに対する怒りが解けたわけではないが、この国の権力者に武器も無くたてつくのはさすがに無謀《むぼう》だ。

祥也はアルフレインを振《ふ》り返り、もう一度沙月を見た。

再会してからずっと祥也の服を握《にぎ》って離さない沙月の思いが、痛いほど伝わってくる。

「……すみません、言い過ぎました」

祥也は頭を下げた。

「でも、沙月をこのままにはしておけません。俺が沙月といることを認めてください」

アルフレインに迷惑《めいわく》はかけられないので、祥也は自分が王城で暮らす許可を求めた。別に、良い部屋や食べ物を請求《せいきゅう》するつもりはない。せめて沙月が落ち着くまで側にいたかった。

「お願いしますっ」

ついさっき糾弾《きゅうだん》した相手に頭を下げるのは悔《くや》しいが、それでも決定権を持つであろうユーリニアスに頼《たの》むしかない。

「サツキのことは、私が必ず守る」

祥也の言葉にそう返してくれたユーリニアスの顔を見れば、その視線は真っすぐ沙月に向けられていた。先ほどまでの無表情とは違う、明らかな熱のある眼差《まなざ》しに、その言葉が嘘《うそ》ではないと信じることが出来た。

それでも、たった一人の同郷の存在だ。祥也も出来るだけのことはしたかった。

「それでも、お願いします」

「せんぱ……」

その時、激しくドアが叩かれた。

さっとアルフレインがドアの前に動き、ユーリニアスは沙月の腕《うで》を引いて自身の背後へと隠《かく》した。

動けなかったのは祥也だけで、呆然《ぼうぜん》としてドアを見ることしか出来ない。

腰《こし》の剣《けん》に手を掛《か》けたアルフレインが、素早《すばや》くドアを開いて外へ出た。

「あっ」

「動くな」

咄嗟《とっさ》に後を追おうとした祥也は、ユーリニアスの厳しい声に足が張り付いて動けなくなった。

人に命令し慣れている声には怖いほど力があって、祥也はこぶしを握り締《し》めてその威圧《いあつ》に耐《た》えた。


アルフレインは直ぐに戻ってきた。しかし、その表情は厳しい。

「ユーリニアス様、ロードリック様が倒《たお》れられたようです」

「ロードリックが?」

「すぐにサツキ様にお越《こ》し願いたいと」

二人の視線が沙月に向かう。

「アレンさん、いったい何が……」

「サツキ」

「は、はい」

「沙月っ?」

ユーリニアスに名前を呼ばれた沙月は一瞬《いっしゅん》祥也の方を見たが、すぐにユーリニアスに連れられて部屋を駆《か》け出していく。

「ショーヤ、私たちも参りましょう」

「あ……はい」

一人だけ何もわからないまま、祥也はアルフレインに促《うなが》されて部屋を出た。

道中での説明では、ロードリックというのはこの国の宰相《さいしょう》で、その彼が登城の際馬車の中で急に倒れてしまったらしい。従者の報告から病状は重いと判断され、国の重要人物なので城に常駐《じょうちゅう》している医師ではなく、《癒し人》の沙月を呼びに来た――らしい。

城の中の医務室にやってきた時、そこは厳重な警備態勢が敷《し》かれていて、何人もの衛兵がドアの前に立っていた。

騎士《きし》団長のアルフレインの姿に、彼らは一斉《いっせい》に緊張《きんちょう》した面持《おもも》ちになる。

「入るぞ」

アルフレインの連れと思われたのか、祥也も止められないまま中へ入ることが出来た。そこには既《すで》に到着《とうちゃく》していた沙月とユーリニアス、他《ほか》にも数人の人間が沈痛《ちんつう》な面持ちで一つのベッドを取り囲んでいた。

「……っ」

ベッドの上には四十代だろうか、少し白髪《しらが》が交じり始めた青銅色の髪《かみ》の人物が横たわっている。顔色は真っ白で、胸も呼吸が止まっているのではないかと思うほど動きがなかった。

こんな症状《しょうじょう》の人間を見たのは初めてで、祥也は声もなくアルフレインの服を摑《つか》む。そんな祥也の動揺《どうよう》を宥《なだ》めるかのように、大きな手が上から重なった。

「大丈夫《だいじょうぶ》です」

それが単に祥也を安心させるために言っているのかどうかはわからない。だが、今にも亡《な》くなってしまいそうな人を前に、何も出来ないことが居たたまれなかった。

『世界が必要とした時、赤き命の癒しを行う者は、生涯《しょうがい》に一度だけ異なる世界の力と妖精族《ようせいぞく》の力で、死者をも蘇《よみがえ》らせる強力な癒しの力を持つ。ただし――その力と引き替《か》えに、命を失うだろう』

不意に、バートランドの言葉が頭を過《よぎ》った。

もしも、目の前の人物が命の危険に晒《さら》されていたら。

(俺は……あの人を、助ける……のか？)

宰相という地位は、国にとってとても重要な役職のはずだ。たった一回しか癒すことの出来ない力を持つ祥也よりも、きっと価値のある人物だろう。

もちろん、治せるものなら治してあげたい。しかし、それが自分の命と引き換えにしてと言うのなら――出来ない。

祥也はぐっと奥歯を噛《か》み締める。

「サツキ、祈《いの》りを込めて」

祥也の見ている前で、ベッドの脇《わき》に立ったユーリニアスが沙月に何か言っている。小さく頷《うなず》いた沙月が震《ふる》える手を伸《の》ばし、寝《ね》ている人物の胸元《むなもと》に手のひらを掲《かか》げた。

「あ……」

柔《やわ》らかな光が沙月の手の辺りから溢《あふ》れ、やがてそれは寝ている人物の身体《からだ》全体を覆《おお》うようにして光り始めた。

それは、不思議な光景だった。

（す……ごい……）

──時間にして、それほど長い時間ではなかった。

光は次第《しだい》に小さくなり、やがて沙月の手に吸い込まれるようにして消えていった。

すると、横たわっていた人物の血の気を失っていた顔にはほのかな赤みが戻《もど》り、胸元が大きく上下し始める。呼吸が正常に戻ったかのようだ。

「……う……」

微《かす》かな呻《うめ》き声が漏《も》れ、周りは騒然《そうぜん》とした。

「宰相様っ」

「ロードリック様っ」

口々に呼ばれる声に反応するかのように目を開いた人物は、片肘《かたひじ》をつきながらゆっくりと上半身を起こした。

「……私は……」

たった今まで重篤《じゅうとく》な症状だったとは思えないほどはっきりした口調で呟《つぶや》き、彼は脇に立つ沙月を見上げて目を細める。

「サツキ様、貴方《あなた》が……」

「あ、あの、大丈夫ですか？　痛いところはないですか？」

「はい。ありがとうございます、サツキ様……《癒《いや》し人》様……」

「あ、あの」

その場にいた人々は口々に沙月へ感謝の言葉を伝えているが、本人は戸《と》惑《まど》った表情のまま周りを見ている。

(これが……沙月の日常なのか……)

祥也に半泣きで縋《すが》った姿はそこにはなく、《癒し人》としての役目をきちんと果たし、城の中の人々にも受け入れられている沙月の眩《まぶ》しい姿があった。

反対に祥也は、自分の中の弱さを目《ま》の当たりにしていた。

命と引き換えという究極の前提があるにせよ、祥也がまず感じたのは恐怖《きょうふ》だ。

最善の方法を考える前に、自分には出来ないと諦《あきら》めてしまった。

「ショーヤ?」

祥也の姿に何か感じたのか、アルフレインが身を屈《かが》めて顔を覗《のぞ》き込もうとしている。しかし、今の顔を見られたくなくて、祥也はアルフレインから身体ごと視線を逸《そ》らした。

(俺は……)

この弱さこそが、もしかしたらこの世界の神様が祥也に《癒し人》の力を与《あた》えず、使いようのない唯一《ゆいいつ》の力を与えた理由なのかもしれないと思った。

第五章

イレギュラーな出来事があったが、祥也の王城に滞在《たいざい》したいという願いはあっさり却下《きゃっか》された。

沙月の《癒し人》としての力を目の当たりにし、衝撃《しょうげき》を受けていた祥也も強く反論出来なくて引き下がるしかなかった。

ただ、帰り際《ぎわ》の時だ。

「……家に帰りたいです」

周りに受け入れられ、望まれていても、沙月は家族のもとに帰りたいと言った。

祥也にとっても、それは大きな問題だった。アルフレインや、屋敷《やしき》の人達に良くされてはいても日本を、家族を忘れることは出来ない。

その上、王城での出来事で、祥也はすっかり後ろ向きな気持ちになってしまった。自分がここにいる意味などないと、そう考えてもっと落ち込む。

家族のもとに戻りたい。

しかし、この世界のことを何も知らず、何の力もない自分には何をどうすればいいのかわからなかった。

すぐに行き詰《づ》まった祥也が頼《たよ》れるのは、この世界に来た時からずっと側《そば》にいてくれた男だけだ。

「お帰りなさい」

ここ数日間、アルフレインは帰宅してこなかった。

ベルトランの話では、どうやら王城の警備体制が見直されているらしく、巡回《じゅんかい》の回数の変更《へんこう》、騎士《きし》団始め衛兵達の鍛錬《たんれん》と、騎士団長のアルフレインは休む暇《ひま》もないほど忙《いそが》しいようだ。

それでも日に一度、必ず屋敷に帰ってきて祥也の顔を見ていく。

そんな時間があれば休んでほしいのに、「ショーヤの顔が見たいから」と、茶を飲む暇もなくまた出て行く毎日だった。

久しぶりに夕方帰宅したアルフレインはいつもと変わらない。しかし、少しだけ雰囲気《ふんいき》が張りつめているようで、祥也は心配になって思わずじっと見つめてしまう。

すると、アルフレインは目を細め、そっと頭を撫《な》でてくれた。

「大丈夫ですよ」

そう言われると、祥也もそれ以上は何も言えない。

「今日は戻るんですか?」

「いいえ、少し落ち着いたので」

どうやら今日はこのまま屋敷にいるらしい。

「良かった。働き過ぎで、アレンさんの身体が心配だったから」

祥也の呟きに、足を止めたアルフレインがじっと見下ろしてくる。祥也も、その顔を見上げた。顔色はそれほど悪くないものの、頬《ほお》が少し鋭角《えいかく》になった気がする。やはり心労が溜《た》まっているのだろうか。

「……心配してくださってありがとうございます」

「心配するのは当たり前ですよ」

客としてだが、一緒《いっしょ》に暮らしている相手なのだ。

祥也は当然だと告げたが、アルフレインには意外な返答だったらしい。またしばらく歩みが止まってしまった。

一人では寂《さび》しかった夕食も、アルフレインと二人だとやはり楽しい。アルフレインはあまり話をしない方だが、それでも聞き上手なので祥也も居心地《いごこち》が良かった。

久しぶりの二人での夕食の後、祥也は話があると切り出した。沙月と会って以来ずっと考え続けた「元の世界に帰る方法」を尋《たず》ねたかったからだ。

自分では気づかなかったが、よほど緊張《きんちょう》した面持《おもも》ちだったのかアルフレインは居間ではなく、彼の私室に祥也を招き入れてくれた。私室といっても、ベッドルームを合わせて部屋が三つもある大きさだ。

アルフレインは茶の用意をさせると、人払《ひとばら》いをして祥也と向かい合う。

「何かありましたか？」

「……」

改めて尋ねられると、一瞬躊躇《いっしゅんためら》ってしまった。こんなにも親切にしてくれているアルフレインに対し、帰りたいということが彼への裏切りになってしまうんじゃないかと怖《こわ》かった。

しかし、それ以上に自分に与えられてしまった唯一の力への恐怖が大きくて、祥也は思い切って切り出した。

「元の世界に帰れる方法を、教えてください」

そう言った途端《とたん》、祥也を見つめていた優《やさ》し気な表情が曇《くも》ったのがわかった。

「……帰りたいのですか？」

平坦《へいたん》な声音《こわね》は、彼が感情を抑《おさ》えているのだと嫌《いや》でも伝わってくる。

祥也は目を伏《ふ》せてしまった。アルフレインの視線を突《つ》き刺《さ》さるほどに感じるが、それを見返す勇気がない。

「本当は、もっと前に聞きたかったんですけど……俺達、わけがわからないままこの世界に来て、日本には……向こうの世界には家族や友達がいるんです。このまま会えないのは、やっぱり……」

話していくうちに、祥也の中で帰りたいという気持ちがさらに大きく膨《ふく》らんだ。

冷静に考えたら、この世界に来てすぐにでも、帰る方法を尋ねないほうがおかしかった。可能性が低くても、難しい条件があったとしても、帰りたいと主張すればよかった。

それをしなかったのは、最初に出会ったアルフレインの存在があったからだ。利用価値がない祥也を保護し、親身になって世話をしてくれた。彼の優しさに、すっかり甘えてしまっていた。

しかし、王城で沙月に再会し、その力を目《ま》の当たりにした時、祥也は怖くなった。唯一《ゆいいつ》与《あた》えられた力を使わなければならない可能性を考えて、とても怖くなったのだ。

祥也の言葉に、アルフレインはしばらく沈黙《ちんもく》した後、静かに話してくれた。

「申し訳ありません。貴方方《あなた》が帰る術《すべ》はありません」

「……っ」

予想していたはずだった。それでも、改めて言葉にされると足元が崩《くず》れていくように感じるほどショックだ。

「異界と繋《つな》がる道はあの赤い月だと言われています。ですが、どういう条件のもとかは今も解明されてはいません」

「……少しも、ですか？」

「これまでこの大陸に現れた異界から降りてきた方は五人。貴方方の前は三百年ほど前だと聞いています。数が少ないこともありますが、神の御心《みこころ》を探《さぐ》るようなことはと、研究する者もほとんどおりません」

「……」

(五人しか……)

思った以上に少ない人数だった。しかも、同じ日本、いや、地球からやってきたかどうかもわからない。

詳《くわ》しい人物がいないときっぱり……いや、ほとんどと言った。

(もしかして、誰《だれ》か一人くらい……あ……)

「バートランド、さん?」

《聖なる森》にいる、神の神託《しんたく》を聞ける彼ならば、何か知っているかもしれない。

「あのっ、バートランドさんに会いに行ってもいいですか? 馬を貸してもらえれば一人でも行け……」

「駄目《だめ》です」

言葉の途中《とちゅう》で遮《さえぎ》られてしまい、祥也はビクッと肩《かた》を揺《ゆ》らした。アルフレインの声に僅《わず》かながら苛立《いらだ》ちが感じられたからだ。

立ち上がったアルフレインが、ゆっくりと近づいてくる。そして、祥也が座っている椅子《いす》の肘《ひじ》掛《か》けに両手を置いたので、逃《に》げられないと本能的に思った。

上から覗《のぞ》き込んでくる灰銀の瞳《ひとみ》が、じっと祥也を見つめている。いつもは温かな眼差《まなざ》しが、なぜか息苦しいくらいの熱を帯びているようだった。

祥也がコクンと唾《つば》を飲み込んだ時だ。

「……帰りたいですか？」

もう一度静かに問いかけられ、直《す》ぐに頷《うなず》けなかった。

「この屋敷《やしき》を……私を厭《いと》うておいでですか？」

その問いには反射的に首を横に振《ふ》る。アルフレインも、そして屋敷の使用人達のことも、嫌だと思ったことなどない。

ただ、帰りたいのだ。

鼻がツンとし、目の奥が熱くなる。

「……泣かないでください」

「……え……」

伸《の》びてきた指に目元を拭《ぬぐ》われて初めて、祥也は自分が泣いていたことに気づいた。二十歳《はたち》も過ぎて人前で泣いてしまったことが恥《は》ずかしかったが、この体勢では逃げることも出来ない。

せめて顔を逸《そ》らそうとすると、目元にあった手がそのまま頰を撫で、顎《あご》を摑《つか》まれた。

「ショーヤ」

灰銀の瞳が近づいてくる……そう思った直後だった。

柔《やわ》らかいものが口に触《ふ》れた。何だと思うと同時に、キスされたとわかった。押し当てられただけのそれに驚《おどろ》いたと同時に、祥也は目の前の胸を突き飛ばしていた。

「あ……」

「……」

無意識の行動に自分でも驚いたが、直ぐにハッとアルフレインを見上げる。その時はもう、アルフレインの手は肘掛けから離《はな》れていて、祥也から視線を外していた。

「ア、アレンさん、ごめ」

「申し訳ありませんでした」

「あのっ、謝るとかそんな……っ」

ただ驚いただけで、不思議と怒《おこ》ってはいなかった。

男相手にキスされた衝撃《しょうげき》というよりも、信頼《しんらい》していたアルフレインにキスをされたという事実に驚いて、半ばパニックになって彼を突き飛ばしてしまった。

そもそも、どうしてこんな状況《じょうきょう》になったのか、今考えてもよくわからない。ただ、自分の何らかの言動が彼にこんなことをさせてしまったはずで、謝るのは自分の方だ。

「アレンさん、あの」

「少し風に当たってきます。ショーヤも落ち着いてから部屋に戻《もど》られたらいい」

祥也がどう言い訳をしようか考えている間に、アルフレインはそう言って部屋から出て行った。その間一度もこちらを見てくれなかったことに、ドアが閉まってから気づく。

ここは彼の部屋だ。立ち去るのは自分の方なのに、こんな時もアルフレインは祥也のことを一番に考えてくれる。

「……どうして……」

どうしてキスされたのか、どうしてそのまま部屋を出て行ったのか、アルフレインの行動の理由が何もわからない。いつもなら祥也に丁寧《ていねい》に説明してくれるのに、どうして今回だけは何も言ってくれないのか。

だが、取り残された今は胸の奥が痛くて、祥也はしばらく椅子から立ち上がることが出来なかった。


「……今日も帰らないんですか？」

「はい。ショーヤ様には心安く過ごしてほしいという伝言を賜《たまわ》りました」

「……」

祥也は溜《た》め息が漏《も》れそうになったが、ベルトランの手前ぐっと我慢《がまん》して笑《え》みを浮《う》かべる。

「仕事、大変なんですね。アレンさんこそゆっくり休んでほしいくらいです」

今、自分の顔は強張《こわば》っていないだろうか。敏《さと》いベルトランを誤魔化《ごまか》し切れる自信はなかったが、敏いからこそ彼は祥也を追及《ついきゅう》せずにいてくれた。

キスされた日から十日。

そして、アルフレインが帰宅しなくなって十日。

ベルトランの説明では、王城での騎士《きし》団の訓練のためだということだが、祥也は素直《すなお》にそれを信じることは出来なかった。

それまでは、どんなに忙《いそが》しくても日に一度は顔を見せてくれていたのだ。どう考えても、帰ってこない理由が出来たとしか思えない。そして、それは明らかに祥也のせいだ。

『申し訳ありませんでした』

あの日、アルフレインが言った言葉は祥也の耳に重く残っている。おそらく、彼は祥也を気《き》遣《づか》って屋敷に戻ってこないのだろう。

(ここはアレンさんの家なのに……)

キスされた衝撃は、自分でも意外なほど呆気《あっけ》なく収まった。

今、祥也が気になっているのはその理由で、アルフレインの口から聞きたかった。

あの時祥也が彼の胸を突《つ》き飛ばしたことで、拒絶《きょぜつ》したと思われているのかもしれなくて、自分の行動がアルフレインと距離《きょり》を取ることになってしまったと落ち込むしかなかった。

ただ、会えないこの時間で祥也は自身の気持ちと向き合うことが出来た。

突き詰《つ》めて考えれば、決してアルフレインとのキスが嫌《いや》だったというわけではない。自分でも不思議だが、同性同士の恋愛《れんあい》や行為《こうい》は知識として知っているぐらいで、本当に嫌だったら今でも嫌悪感《けんおかん》を覚えているはずだ。

（キスされるとか……考えてもいなかったけど……）

それまで付き合っていた相手がいない恋愛初心者の祥也としては、同性のアルフレインに対する自分の気持ちはよくわからない。

ただ、会いたかった。会って、話したかった。

「……」

我慢していたはずの溜め息が漏れる。

それを見ていたベルトランが、優《やさ》しく促《うなが》してくれた。

「さあ、王城に行かれるのでしょう？　お支度《したく》を」

「……はい」

三日前、王城から使いがやってきた。沙月が会いたがっているという連絡《れんらく》だった。

祥也にとって、それは予想していなかったことだった。祥也が王城で暮らすことを拒《こば》んだユーリニアスは、もう二度と沙月と会わせようとはしないだろうと思っていたからだ。

しかし、どうやら沙月と同じ屋根の下には住まわせなくても、会うことを禁止するつもりはないらしい。

その線引きの理由は不明だが、許可されるのならもちろん沙月に会いたい——そして、王城に行くのなら、もしかしたらアルフレインに会えるのではないか、そんな微《かす》かな希望も抱《いだ》いた——が。

「アルフレインならば東の森だ。魔物《まもの》が出たと連絡を受けた」

「そ、そうですか」

ユーリニアスは、優雅《ゆうが》に茶を飲みながら教えてくれた。沙月に会いに来るたび彼が同席しているのでいい加減その存在に慣れはしたものの、内緒話《ないしょばなし》一つ出来ない状況は困る。

アルフレインは、元の世界に帰る方法はないと言っていた。きつい現実だが、現状として沙月には伝えておかなければならないだろう。それも、ユーリニアスがいると難しいのだ。

「先輩《せんぱい》、騎士団長さんに用があるんですか？」

毎日アルフレインの所在を尋《たず》ねるので、沙月も気になっているらしい。

「よ、用っていうか……元気かなって……」

ごく個人的なことなので説明しようもなく、口の中でモゴモゴと言い訳を呟《つぶや》く。

そんな怪《あや》しさ満点の誤魔化しでも、素直な沙月は信じたらしい。

「顔を見ないと安心出来ませんよね。今度、騎士団の人に俺も聞いておきますよ」

「沙月、騎士団に知り合いがいるのか？」

「知り合いって言うか、部屋から出る時には護衛をつけなくちゃいけなくて……」

言いながら、沙月の視線がユーリニアスに向けられる。その命令を下しただろう張本人はまったく無表情だ。

「みんないい人たちですよ。あ、訓練場に行ってみますか？　騎士団の訓練って凄《すご》いんですよ！」

どうやら沙月は何度か訓練を見に行ったことがあるらしい。興奮して説明してくれる様子に、祥也は思わず笑った。

「そんなに凄いんなら見たいな」

「いいですよね、王子」

「……」

「あ、ユーリ」

王子と言われた時に反応しなかったユーリニアスが、沙月が「ユーリ」と言い換《か》えた途端《とたん》椅子《す》から立ち上がる。どうしてわざわざ沙月が言い換えたのか謎《なぞ》だが、訓練場に行くことは決定のようだ。

「やっぱり、剣《けん》とか使ってるのか？」

「模擬剣《もぎけん》らしいです。あと組手とか、あ、槍《やり》も使ってました」

王城の敷地《しきち》内にある訓練場に向かうため、祥也は馬車に乗っている。そう、敷地内でも馬車で移動しなければならないほど広いのだ。

「……馬でもいいな」

馬に乗って見回りをしている騎士を見て呟くと、沙月がパッと顔を輝《かがや》かせた。

「先輩、馬に乗れるんですかっ？」

「練習させてもらったんだよ。まだ一人だけじゃ許可は出ないけど」

そんな話をしながら、ようやく訓練場の入り口らしい門前に着いた。沙月の話では、東京ドームくらいの広さがあるようだ。

馬車のまま門をくぐると、掛《か》け声のような声が聞こえてくる。

初めて見る訓練場への興味に思わず身を乗り出した時だ。

「止《や》めろ！」

鋭《するど》い叫《さけ》び声が響《ひび》いた。

それはとても訓練中の声には聞こえない、切羽詰《せっぱつ》まった響きがある。

「止めろ」

ユーリニアスが馬車を止めたのと、

「医者を！」

「そいつを捕《と》らえろ！」

吠《ほ》えるような怒声《どせい》が聞こえたのは同時だった。

「何があった」

馬車の窓を開け、ユーリニアスが護衛としてついていた騎士に尋ねている。不穏《ふおん》な様子に即《そく》座《ざ》に情報収集したのか、外から少し焦《あせ》った声が聞こえてきた。

「訓練場で事故があったようです。スタンリーとマーカスが傷を負って……」

「えっ」

沙月が慌《あわ》ててユーリニアスの隣《となり》から外に顔を出す。

「スタンリーさんとマーカスさんが怪我《けが》したんですかっ？」

「そ、それは……」

戸惑《とまど》った騎士の声と、ユーリニアスの小さな舌打ちの音がした。

沙月にとってはそれで十分な情報だったのか、いきなり馬車のドアを開けて外に飛び出していく。

「沙月っ」

普段《ふだん》はむしろのんびりしている沙月の豹変《ひょうへん》に驚《おどろ》いたが、祥也も直《す》ぐにその後を追った。何がどうなっているのかわからないが、沙月を一人に出来なかった。

子供のころに行ったことがある野球場のような造りのそこには、たぶん百人単位の騎士《きし》が訓練していたのだろう。入り口に一番近い場所に、大勢の簡易鎧《よろい》姿の男達が何かを取り巻いていた。

少し離《はな》れたところにもう一つ人の輪が出来ていて、見るからにそこは殺気立っている。

「……っ」

輪の中央には、三人の男達が組み伏《ふ》せられていた。所々血のようなものが付いているが、本人の血かどうかはわからない。ただ、組み伏せられている状況《じょうきょう》でも周りを睨《にら》みつけている様子に、この男たちが何かしたのだと直感的に思った。

「スタンリーさんとマーカスさんはっ？」

沙月は入り口に近い人だかりの中に飛び込んでいる。祥也も慌てて後を追えば、そこには二人の騎士が横たわっていた。

鎧を外された状態の彼らの身体《からだ》にはおびただしい血が付いている。青白い顔色に、彼らが重傷だというのがわかった。

沙月は一人の騎士の横に跪《ひざまず》き、心臓の近くに手を翳《かざ》す。すると、以前宰相《さいしょう》の病気を治した時のような光が溢《あふ》れ始め、その光は騎士の全身を覆《おお》った。

その光が収まると、沙月は休む間もなくもう一人の騎士の身体に手を翳している。白い手や服が血で汚《よご》れるのも気づいていないようだった。

「……あの二人は、サツキの護衛騎士だ」

祥也の隣に立ち、同じように沙月を見つめていたユーリニアスが呟く。

「……」

祥也に教えてくれているのかどうか判断がつかなかったが、だからかと沙月の行動に納得《なっとく》出来た。いつも身近にいる人達だからこそ、沙月は力を使うことにまったく躊躇《ためら》いがないのだ。

いや、それだけではない。以前は自分が持つ癒《いや》しの力に戸惑っていた様子なのに、少なくとも今の沙月の目には強い意志のようなものが感じられた。

（……変わったのか……）

あの日から、それほど時間は経《た》っていないと思っていたが、沙月は明らかに変わった。それも、きっといい方向へ。帰りたいと半泣きだった姿はそこにはなくて、自分の使命をきちんと受け止めようとする一人の人間がいた。

それに比べ、自分はどうだろうか。

持て余す力に怯《おび》え、もとの世界に帰るという建前で逃《に》げようとした。それだけでなく、アルフレインとの関係も、自分から動くことはせず、アルフレインからの言葉を、行動を待っている――。

（……情けないな、俺……）

高校生の時、沙月は祥也のことを「頼《たよ》りになる先輩」と慕《した》ってくれた。女子生徒が多かった部活内でも後輩たちはそうだった。しかし、今の祥也を見れば、みんなきっと幻滅《げんめつ》するだろう。

「おおっ」

「大丈夫《だいじょうぶ》かっ？」

やがて沙月の治療《ちりょう》が終わったのか、倒《たお》れていた二人の騎士は回復した。二人は沙月に感謝の言葉を述べ、周りの騎士達も歓喜《かんき》の声を上げて称賛《しょうさん》している。

「先輩」

顔を上げた沙月の晴れやかな顔が眩《まぶ》しくて、祥也は誤魔化《ごまか》すように強張《こわば》った笑《え》みを向けるしか出来なかった。


訓練場での出来事はたちまち王城内に広まり、そこから王都へとさらに広まり、《癒し人》沙月の存在が知られた。

それまで、国としては沙月の存在を秘匿《ひとく》する方針だったらしいが、異質な存在を隠《かく》し続けるには限界があった。それなら、王家主導で国内外に大々的に沙月の存在を公表し、プロスペーレ王国が庇護《ひご》すると宣言した方がいいと判断したらしい。

今や王都では沙月の話題で持ちきりだそうだ。

ただ、ここでも祥也のことが問題視された。

《癒し人》ではないにしろ、沙月と同じ世界から来た祥也を不用意に国外に出すことは出来ず、何より沙月本人が祥也が側《そば》にいることを望んだ――と、いうことだ。

今まで通り、祥也は騎士団長のアルフレインが後見し、その身柄《みがら》も預かるということで話は収まったが、祥也自身が抱《かか》えている問題はいまだ決着していない。

まずは、元の世界に帰る方法。

アルフレインはないと言ったが、まだ可能性はあると信じている。そのためにもバートランドに会いたいが、現時点でそれは叶《かな》っていない。

次に自分自身の今後について。

現実的にこの世界での生活を考えると、このままアルフレインの屋敷《やしき》で世話になっていていいのかという問題だ。簡単な手伝いしかしていないのに、衣食住を十二分に保証されている状態は心苦しく、きちんと働くことを考えなければならないと思う。

最後は――これが一番大きく心に引っ掛かっているのだが――アルフレインとの関係だ。

キスされて以来、祥也はアルフレインに会っていない。

もう半月は経つだろうか、それくらい帰ってこないのは以前は普通《ふつう》だったと執事《しつじ》のベルトランは言うが、祥也は自分が原因で彼が帰ってこないと思っている。

（ここはアレンさんの家なのに……）

「……騎士団の宿舎に行こうかな……」

王城内の廊下《ろうか》を歩きながら祥也は呟《つぶや》いた。

今のところ王城へ来ることを許されているので、祥也は日課のように沙月を訪ねていた。

ただ、《癒し人》として知名度が上がった沙月は、茶会の招待やら外国の使者との面会でいろいろと忙《いそが》しいらしい。

沙月自身はインドア派のおとなしい性格なので本当なら断りたいようだが、その辺りの判断は後見人のユーリニアスが行っているようだ。

ただ、そのせいで祥也は沙月に会えないことが多く、王城に来ても手持ち無沙汰《ぶさた》になることが増えた。

今日も、沙月は医務室に行っていて自室にはいなかった。

邪魔《じゃま》をするつもりはないので、帰るしかないかと思いながら歩いていた時だ。

「第二王子は立たれるのか?」

「皇太子はどうなる」

「王のお考えを聞かれたか?」

人の気配と共に、不穏《ふおん》な会話が聞こえてきた。祥也は慌《あわ》てて辺りを見回し、少し離れた廊下の先に数人の男達がいるのに気づいた。

すぐに柱の陰《かげ》に隠れた祥也は、息を潜《ひそ》めて男達の会話を聞いた。

「第二王子に立たれては困るぞ」

「私もだ」

その会話の中から、男達が皇太子である第一王子派の貴族だとわかった。

これまで次の王には皇太子が就《つ》くのが周知の事実だったが、沙月の存在でその決定が揺《ゆ》らぎ始めたらしい。

どうやら皇太子ではなく、第二王子のユーリニアスが沙月を見つけ、保護したことで、国民人気が高まり、そのまま次期王にと押し上げようとする者達が現れたようだ。

難しいことはわからなくても、沙月の身が危険になったことは明らかだった。この世界の人々のために呼ばれたのに、一方で沙月の存在が政変の元となったことに祥也は動揺《どうよう》した。

（どうすれば……っ）

さすがに、自分だけの胸の中に収めることなんて出来るはずがない。政変なんてことになれば、沙月の身が危なくなるかもしれないのだ。

この世界では沙月の方が力が強くても、先輩《せんぱい》として沙月を守ることに躊躇いはない。ただ、どうすればいいのか、平和な日本で暮らしていた祥也には考えつかない。

「……アレンさん……」

無意識に零《こぼ》れた名前に、祥也は唇《くちびる》を噛《か》み締《し》める。こんな時ばかり頼ろうとする自分が情けなくて、それでも、頼れる人は彼しか思いつかなかった。

＊　＊　＊

「いつまで逃げる気だ」

「……」

「情けない。それが失われし妖精族《ようせい》の血を引くブランデル一族の長《おさ》か」

目の前で、あからさまな溜《た》め息をつく男を、アルフレインは無表情で見ていた。しかし、その身の内では熱い感情が激しく渦巻《うずま》いている。

男――ユーリニアスに言われるまでもなく、今の自分がどれほど情けない行動をとっているのか嫌《いや》というほどわかっていた。しかし、アルフレイン自身、今まで抱《いだ》いたことのない感情にどうしたらいいのかわからないというのが現状だった。

「……アルフレイン」

「執務《しつむ》があるのでは」

「休憩中《きゅうけい》だ」

アルフレインは目を眇《すが》める。

王城内は今、まことしやかな噂《うわさ》が流れていた。それは、第二王子が王位継承《けいしょう》争いに立つという噂だ。

もともと優秀《ゆうしゅう》な王子だが、これまでは兄である皇太子を立てて一歩引いた立場にいた。本人も、王座には興味がないと公言していた。しかし、《癒《いや》し人》の沙月を保護し、後見すると大々的に発表してから状況《じょうきょう》は一気に変化した。

それまで社交界には最低限度にしか顔を出さなかったユーリニアスが、申し込まれる茶会に顔を出したり、政務にも積極的に参加するようになった。

そうなると、ユーリニアスの有能さが前面に出てきて、皇太子よりも次期王にふさわしいと声を上げる者が次々と現れるようになったのだ。

ユーリニアスほど優秀な人間が、そんな周りの様子に気づかないはずがない。それでも自分を推《お》す声を抑《おさ》えないということは、本人もそのつもりではないか——周りの者の中にもそう考える者が現れ始めた。

だが、アルフレインは知っている。

ユーリニアスが皇太子である兄を尊敬していることを。皇太子を陥《おとしい》れるつもりなど、露《つゆ》ほども考えていないということを。

だからこそ、今の状況を作り上げていることに疑問がある。

「王子」

その最重要人物が、騎士《きし》団団長の執務室で優雅《ゆうが》に茶を飲んでいる。護衛騎士達の苦労を思うと頭が痛い。

そんなアルフレインの考えが見えたのかどうか、ユーリニアスが口元を緩《ゆる》めた。

「私のことより、己《おのれ》のことを考えるがいい。あの異世界の少年をどうするつもりだ？　保護し、見守るだけで満足だというのか」

「……」

アルフレインの眉間《みけん》の皺《しわ》が深くなった。

『アレンさん』

ごく親しい者しか許していない愛称《あいしょう》を呼ぶように懇願《こんがん》し、少し気恥《きは》ずかし気にその名を呼ぶ姿が微笑《ほほえ》ましく……愛《いと》しかった。

屋敷で過ごす時間が長くなり、徐々《じょじょ》にこの国に慣れてきた祥也だが、彼の根本は出会った時からまるで変わっていない。何事に対しても一生懸命《いっしょうけんめい》で、素直《すなお》で、純粋《じゅんすい》な思いでアルフレインを慕《した》ってくれていた。

それだけで、満足していたはずだった。今まで周りを取り巻いていた、アルフレインの価値にしか興味のない者達とは違《ちが》う、綺麗《きれい》な魂《たましい》を持つ彼の側《そば》にいることだけで。

だが、遥《はる》か昔、清浄《せいじょう》な気をその糧《かて》とした一族の末裔《まつえい》としての本能が、「欲しい」と叫《さけ》び続けているのだ。

いつから——変化したのだろうか。

最初は、黒い髪《かみ》と瞳《ひとみ》に驚《おどろ》いた。黒は妖精族の色で、その色を《癒し人》が纏《まと》うとは思いもよらなかったからだ。

しかし、直《す》ぐに祥也の持つ黒は妖精族と違うことがわかった。

祥也の黒い瞳は澄《す》んでいて、くるくると感情のまま表情が変わった。見つめていると心が落ち着き、不思議と胸が温かくなった。

妖精族の黒は闇《やみ》だ。邪悪《じゃあく》な感情そのままの色。だからこそ、妖精族は綺麗な物を好み、壊《こわ》そうとする。

人々に忌《い》み嫌《きら》われる存在。

アルフレインは口の中で溜め息を噛み殺す。祥也が欲しくてたまらなかった。

触《ふ》れる肌《はだ》の体温に、心臓の鼓動《こどう》が煩《うるさ》くなった。

アレンと呼んでくれる小さな唇に、触れてみたくなった。

誰《だれ》の目にも晒《さら》さず、己の腕《うで》の中だけに閉じ込めておきたい。そんな凶暴《きょうぼう》な欲望が胸の中に渦巻き始めた時、アルフレインは気づいた。

（私は、……ショーヤを欲しいと思っている）

自覚すれば、行動することに躊躇《ためら》いはなかった。

この国では同性の伴侶《はんりょ》も少数ではあるが存在している。アルフレインは三男なので跡継《あとつ》ぎ問題も関係ない。ベルトラン家の長は、代々力が強い者が選ばれるので、直系の血筋はあまり関係がないのだ。

この世界とは違う世界から来た祥也ならば、アルフレインの血のことなど気にしないでいてくれるだろう。

祥也さえ望んでくれたら。知り合ってまだ間もない相手に向けるにしては重い愛情を自覚しつつ、アルフレインは祥也との生活を大切に慈《いつく》しんだ。少しずつ、祥也が逃《に》げないように周りから囲い込むつもりだった。

それが、あの夜。

思いがけなく元の世界に帰りたいと望む祥也の言葉に動揺してしまった。

涙《なみだ》で潤《うる》む黒い瞳に胸を鷲摑《わしづか》みにされ、このまま消えてしまうかもしれないと愚《おろ》かな幻想《げんそう》を抱いてしまい、衝動的《しょうどう》にくちづけをした。

祥也の、自分に対する好意は感じていたので、そこまで強く拒《こば》まれると思わなかったが、その後の彼の行動に初めて弱気になってしまった。

祥也の口から、直接嫌いだと聞きたくない。

自分に対する嫌悪《けんお》の色を含《ふく》んだ瞳を見たくない。

現状、ユーリニアスの言う通り、祥也から逃げている。そのくせ、彼の姿を一目でも見たくて、ユーリニアスに頼《たの》み、祥也を王城に呼んでもらった。

もちろん、己の利にならないことには動かないユーリニアスにとっても、祥也の登城は望んだことであるのだろう。

このままでは事態は好転しないというのはわかり切っている。

具体的に祥也から距離《きょり》を置いて、己の激情を鎮《しず》めたアルフレインだったが、今度はユーリニアスを取り巻く事情が変わってしまい、祥也と向き合う時間が取れなくなってしまっている。

「逃げてはいません。すべてが終われば……」

「婚姻《こんいん》の見届け人には私がなろう」

「……気が早過ぎます。それよりも、周囲にはくれぐれもお気をつけください」

アルフレインの言葉に、口元に笑《え》みを浮《う》かべるユーリニアス。

彼が何を考えているのか、想像するだけで気が重くなった。

第六章

王城での不穏《ふおん》な噂を立ち聞きしてから、祥也は出来るだけ沙月の側にいるようにした。何の力もない自分に出来ることはあまりないが、それでも何もしないということはしたくなかった。

噂をしていた人物のことは知らないので、ユーリニアスには噂を伝えていない。おそらく、あの王子のことなので噂も把握《はあく》しているだろうし、その上での警備体制が今の状態ならばそうなのだろう。

「……アレンさん……」

祥也は、何度呼んだかわからないその名を口にした。

アルフレインが側にいてくれたら、今回のことも迷わず相談したと思う。祥也にとって彼はとても頼《たよ》りになって、信じられる人だからだ。

話がしたかった。いろんなことを相談し、大丈夫《だいじょうぶ》だと安心させてほしかった。でも、その彼を遠ざけるような真似《まね》をしたのは祥也自身だ。

（どうしてあの時、突《つ》き飛ばしたんだろ……）

嫌悪からではなく、あくまで驚いただけだと伝えたい。ただ、そうすると今度はどうしてアルフレインがキスをしてきたのか、その意味を考えて一歩踏《ふ》み出せなくなる。

何の意味もない、親愛の証《あかし》だと言われたら――ホッと安堵《あんど》する以上に残念だと思う自分がいて――。

「うわぁ！」

「せ、先輩《せんぱい》？」

突然叫《とつぜんさけ》んだ祥也に、沙月が驚いたように目を丸くする。

「ご、ごめん、考え事してた」

ここが、二人しか乗っていない馬車の中で本当に良かった。

「……心配事ですか？」

沙月が眉《まゆ》を下げ、気づかわしげな視線を向けてくる。まさかアルフレインとの関係を考えていたなどと言えるはずもなく、祥也は大げさなほど首を横に振《ふ》った。

「大丈夫っ、たいしたことじゃないから！　それよりも、沙月、お前の方こそ大丈夫か？　最近ずっと力を使いっぱなしだろ？」

「みんなのことが心配だし、俺にはこれしか出来ないから……」

「これしかって、凄《すご》いことしてるんだぞ？　もう少し自慢《じまん》しても良いくらいだ」

「先輩」

祥也の言いように少し笑った沙月は、窓の外へと視線を向けた。

「でも、最近良くないことが多くて……心配です」

「……うん、そうだな」

祥也の目からも、訓練場での事故、いや事件の後、王城内は極度の緊張《きんちょう》状態を保っているように見える。一応、《癒《いや》し人》の沙月や、その関係者である祥也の周りは極力普段《ふだん》と変わらないようにしているらしいが、移動する時など、嫌《いや》でもその空気を肌で感じた。

あの時、沙月の護衛騎士《きし》を襲《おそ》った騎士達は拘束《こうそく》され、尋問《じんもん》を受けているらしい。本人達が言うには単なる事故ということだが、それにしてはあの時見せた苛烈《かれつ》な眼差《まなざ》しは無視出来るものではなかった。

「怪我《けが》をした人、少なかったらいいけどな」

王都外でも、複数の事件があったようだ。

商隊が盗賊《とうぞく》に襲われたとか、魔物《まもの》が現れたとか。一つ一つは今までもあったことらしいが、その頻度《ひんど》がずいぶん増えたと、これは王城内の召使《めしつか》い達が噂《うわさ》していた。

「重傷の人はどのくらいいるんだろう……」

「沙月」

今、祥也達が向かっているのは王都の大門だ。城壁《じょうへき》の拡張工事が行われていたらしいが、昨夜《ゆうべ》大きな事故があったらしい。

時間が遅《おそ》かったので沙月に知らされたのは今朝で、慌《あわ》てて外出の準備をしているところに祥也が訪ねてきた。

もちろん、祥也は同行することを願い出た。沙月を一人には出来ないし、怪我人が多いというのなら祥也にも手伝えることがあるかもしれないと思ったからだ。

ユーリニアスがどうしても外せない用で同行出来ないと聞けばなおさらだ。

「とにかく、力を使うお前は着くまでゆっくりしていろ」

「……はい」

それからしばらく馬車は走り、祥也も知っている門が見えてきた。それと同時に、人の数も増えてくる。

「あ……」

門の右側、レンガで出来た建物の前に、何人もの人が寝《ね》かされていた。包帯代わりに巻き付けている布切れは血と埃《ほこり》で汚《よご》れていて、とても清潔だと言える状況《じょうきょう》ではない。

祥也の後ろから外を見た沙月の息を呑《の》む音が耳元で聞こえる。きっと沙月もショックを受けているのだろう。

本音を言えば、血を見るのは怖《こわ》い。それでも、ここに来たのは自分でも出来ることがあるはずだと思ったからだ。

「……沙月、お前は重傷の人から診《み》ていけ。俺は周りの人と協力して、出来ることからしていくから」

「は、はいっ」

馬車が停《と》まり、祥也たちは直《す》ぐに行動を開始する。まずは、指揮を執《と》っていた騎士に尋《たず》ね、重傷者のもとに案内してもらった。そこには、表に寝かされていた人々の比ではない怪我を負った人達がいた。

そこは沙月に任せるしかなく、祥也はもう一度表に戻《もど》ると、比較的《ひかくてき》軽傷らしい騎士達に頼んだ。

「すみませんっ、新しい布と、水を持ってきてもらえませんかっ？　あと……そっちの人とあんたっ、手伝ってくださいっ」

日本での知識があると言っても、医者ではない祥也には出来ることは少ない。それでも、傷口を洗い、清潔にして黴菌《ばいきん》が入らないようにすることくらいは知っている。

それからは、まさに戦場のような状況だった。

次から次に運ばれてくる怪我人を重傷者とそうでない者に分け、泥《どろ》だらけの身体《からだ》を拭《ふ》いていった。

いつしか、血を見ても震《ふる》えることもなくなっていた。

「ショーヤ、この布は……」

「あっち！　手が空いてたら巻き直してやって！」

「ショーヤッ、熱が出ている奴《やつ》がいるっ」

「さっきお医者様が来てくれたから、熱冷ましの薬を貰《もら》って飲ませてっ」

王家の紋章《もんしょう》が入った馬車に乗ってきた祥也達に、最初は恐《おそ》る恐る接してきた騎士達も、いつしか誰《だれ》もが手を貸してくれるようになった。

時々沙月の様子を見に行くが、今のところ疲《つか》れた様子はあっても目の輝《かがや》きに曇《くも》りはない。本当は少し休ませてやりたいが、重傷者は沙月の《癒し人》の力でしか治せないのだ。

それでも、食事はちゃんととらせたし、睡眠《すいみん》時間も確保した。馬車の中での窮屈《きゅうくつ》な体勢だったが、二人で身を寄せ合って少しでも疲れを取ろうと頑張《がんば》って眠《ねむ》った。

「事故の原因はわかったか？」

その合間、騎士達の会話が耳に入ってきた。

「今騎士団長が直々に調査されているらしい」

「……っ」

（アレンさんがっ？）

不意に出てきたアルフレインの名前に、祥也の心臓が跳《は》ねた。そして、忙《いそが》しさに紛《まぎ》らわせて押しやっていた彼への思いが、一気に吹《ふ》き上がってくるのを感じる。

「あのっ」

「な、何だ？」

突然《とつぜん》会話に割り込んできた祥也に驚《おどろ》いた様子の騎士に構わず、祥也は彼の様子を尋ねた。

「アレン……アルフレインさんは、あの、元気ですか？」

「あ、ああ、今は第二王子の命で動いていらっしゃるが……」

「そ、そうですか……」

（そうだよな、こんな大事故があったら当然調べるだろうし……）

しばらく会えていないアルフレインの近況《きんきょう》を聞けて、自分でも驚くほど安堵《あんど》していた。彼が無事でいることだけでなく、同じ現場で働いていることが嬉《うれ》しい。

騎士団長の彼の働きと比べるのは申し訳ないが、自分が少しでもアルフレインの仕事の助けになれば。そう考え、祥也はさらに仕事を探して動き回った。

「……あれ？」

翌日、いつものように何か雑用がないかと見て回り、溜《た》まった洗濯物《せんたくもの》を片付けようと大きな籠《かご》を抱《かか》えて門番の詰《つ》め所に向かっていた時だった。

一台の目立たない馬車が裏口に停まっているのが見えた。

それ自体珍《めずら》しいことではないのでそのまま通り過ぎようとしたが、中から出てきた人物にふと視線を留めた。

（こんなところに……誰だ？）

馬車に家紋《かもん》はなかったが、出てきた人物の服装はとても庶民《しょみん》には見えなかった。きらびやかで、刺繍《ししゅう》もたくさん入れられた上着を着ている。

「！」

馬車とのギャップに何だか気になっていると、詰め所の中から門番らしい男達二人が出てきて、三人は固まって何か話し始めた――そして、男が懐《ふところ》から袋《ふくろ》を取り出し、門番の一人に渡《わた》したのだ。

今回の事故への寄付金かもしれないが、それならばもっと堂々と正面から来ればいい。

感じる違和感《いわかん》に祥也が動けないでいると、馬車から降りてきた方の男がこちらを向いて……目が合った。

その瞬間《しゅんかん》、男は即座《そくざ》に視線を逸《そ》らして馬車に乗ってしまった。馬車は直ぐに走り出し、祥也の脇《わき》を通り過ぎる。

中からこちらを見ている男の顔はわかったが、あっという間に去っていく馬車に呆気《あっけ》にとられた。

「……今の、なんだ？　あのっ」

祥也は残った門番に話しかけようとしたが、彼らは軽く手を上げながら中に戻っていく。

(本当に何なんだ？)

気になったが、忙しさにじきにその出来事は忘れてしまった。

食事と睡眠《すいみん》、そして僅《わず》かな休憩《きゅうけい》時間だけはとって、今が何日目かわからなくなってしまった頃《ころ》。

「ふぅ……」

大きな溜め息をついた沙月の身体が揺《ゆ》れ、側《そば》にいた祥也が慌《あわ》てて抱《だ》き留めた。

「……終わったぁー……」

「お疲れ、沙月」

沙月が担当する最後の重傷者の治療《ちりょう》が終わった。おそらく、五十人近くは治療してきただろう沙月の顔は疲労困憊《ひろうこんぱい》の色が濃《こ》く見える。

後は医者でも十分診ることが出来るはずだ。

「お前のおかげで死者は出なかったらしいぞ」

「……本当ですか？」

「ああ。凄《すご》いぞ、沙月」

ずっと側にいたからこそ、沙月の《癒《いや》し人》としての力の凄さが良くわかった。これほどの力なら王家が保護するのもわかる。

「サツキ様、ショーヤ、本当にありがとうございました」

「こちらこそ、協力してもらってありがとうございます」

門を守る騎士《きし》隊長が頭を下げて礼を言う。自分はともかく、沙月の労を労《ねぎら》ってもらったのは嬉しい。

「すぐに馬車を整えて王城にお送りします」

「で、でも……」

沙月は治療した人々が気になるらしい。祥也も同じ気持ちだが、五日も働きづめだった沙月を休ませてやりたかった。

「沙月、とにかくお前は一度帰れ。力を使い過ぎただろうし、ゆっくり休んだ方が良い」

「先輩《せんぱい》は？　先輩も一緒《いっしょ》に……」

「俺は……」

祥也の頭を過《よぎ》ったのはアルフレインのことだ。今回の事故を調べていると聞いたが、それはまだ続いているのだろうか。だとしたら、自分だけが休むのは何だか申し訳ない気がする。

しかし、ここで祥也が一緒に帰らないと、今度は沙月が気にしてしまうだろう。

一度一緒に王城に帰り、それからまた一人でここに戻ってこようか。

アルフレインがどこにいるかわからないが、出来るだけ近くにいたい。

「俺も一緒に帰るよ」

祥也がそう言うと、沙月は明らかに安堵したように笑《え》みを浮《う》かべる。

汚《よご》れてしまった服を隠《かく》すため、二人に騎士がマントを貸してくれた。体格の良い彼らとの違《ちが》いでブカブカなそれに、互《たが》いに目を合わせて笑ってしまう。

「こちらへ」

馬車を待たせている場所へと案内される。騒《さわ》がしい表通りから一本中の通りへと足を踏《ふ》み入れた時だった。

「……っ」

祥也は視界の端《はし》に鈍《にぶ》い光を見たような気がした。

「沙月！」

それが剣《けん》だと認識《にんしき》した瞬間身体《からだ》が動き、呆然《ぼうぜん》と立ちすくむ沙月を抱きしめる。背中を斬《き》られる痛みと衝撃《しょうげき》を覚悟《かくご》した祥也は、たった一人の名を縋《すが》るように祈《いの》った。

――アレンさん！

「ショーヤ！」

キンと金属がぶつかり合う音と共に聞こえた、自分を呼ぶ声。

その声の主など、考えるまでもなかった。

「アレンさんっ？」

沙月を抱きしめたまま振《ふ》り向いた祥也の目には、自分達を庇《かば》うように立ち塞《ふさ》がっている男の後ろ姿が映った。相対している人物は五人もいるのに、彼は向かってくる剣を打ち払《はら》い、次々と制圧していく。

流れるような綺麗《きれい》な動きなのに戦力の差は圧倒的《あっとう》で、たちまち相手は地に伏《ふ》せ、動かなくなった。

「アレンさんっ、怪我《けが》……っ」

「ショーヤ、怪我はありませんかっ？」

祥也が訊《たず》ねる前に強い力で腕《うで》を摑《つか》まれ、そのまま真剣《しんけん》な眼差《まなざ》しで身体を見られた。もちろん、怪我などしているはずもないのに、灰銀の瞳《ひとみ》には焦《あせ》りと心配の色が濃《こ》い。

最初に自分の安否を確認するアルフレインの行動に、大切にされているのだと嫌《いや》でも感じられて、嬉しいような、困るような、今まで感じたことのない複雑な感情に支配された。

ただ、ようやく求めた人に会えたと、ずっと胸の中にあった飢餓感《きがかん》が満たされた気がする。

「大丈夫《だいじょうぶ》です、あの、ありがとうございます」

祥也が礼を言うと、ようやく自分でも納得《なっとく》したのかアルフレインが深い息をついた。そして、次に彼は祥也の背後にいた沙月に視線を向ける。

「サツキ様もご無事ですか」

「あ、ありがとうございます」

沙月は頭を下げた。声は少し震《ふる》えていたが、アルフレインの登場に安心しているふうでもある。

「あの、あの人達……」

祥也はアルフレインが制圧した男達を見た。恰好《かっこう》は騎士のようだが、本当の騎士が《癒し人》の沙月に危害を加えようとするだろうか。しかも、沙月は今の今まで、城壁《じょうへき》事故での怪我人の手当てをしていた功労者だ。

「……この者達の背後にいる人物が画策したのです。今……ああ、来られたようです」

そこへ、慌ただしい様子で馬車がやってきた。

「サツキ！」

停《と》まると同時に中から飛び出てきたのは第二王子のユーリニアスだ。初めて見る彼の焦った様子に、祥也だけでなく沙月も驚《おどろ》いている。

「……無事か」

ユーリニアスは沙月を抱《かか》えるようにして怪我の有無《うむ》を確認したかと思うと、振り絞《しぼ》るような声で呟《つぶや》いた。それは、どれほど彼が沙月の身を案じていたのかがよくわかる声音《こわね》だった。

「アルフレイン」

「既《すで》に捕縛《ほばく》の手配は済んでおります。まずはサツキ様を」

「わかった。サツキ、王城内の掃除《そうじ》は済んだ。戻《もど》ろう」

「え？　あ、あの」

「あれはアルフレインが回収する」

あれというのが自分だと理解する前に、ユーリニアスはさっさと沙月を乗ってきた馬車に乗せ、馬車はすぐに走り始める。あっという間の行動に呆《あき》れはしたものの、王子と一緒なら安全だろうと祥也はようやく安心出来た。

「ショーヤ」

「……っ」

しかし、祥也はそこでハッと気づいた。ここにアルフレインと二人きりになったのだ。

もちろん、厳密にいえば二人きりではなく、騎士達が大勢後始末に奔走《ほんそう》している。祥也の目にははっきりと彼らの姿も映っていた。

しかし、心理的にはアルフレインと二人きりの状態だ。

これまで、避《さ》けられてきたとは思いたくないが、ずっとすれ違いで会えなかった彼と何を話していいのかわからず、目を合わせることも出来ない。

「あ、あの」

「……屋敷《やしき》に戻りましょう。ショーヤ、貴方《あなた》と話したいことがあります」

「話したい、こと……」

ドキッとした。彼が何を話そうとしているのかわからないが、それでも今度は逃《に》げるつもりはなかった。

襲《おそ》われた時、真っ先に頭に浮かんだのはアルフレインの姿だった。そして、実際に彼が助けてくれた時、嬉《うれ》しくて、そしてやっと会えて、祥也は自分がどれほどアルフレインを欲《ほっ》していたのか嫌というほどわかってしまった。

その感情の意味が祥也はまだわからないし、知るのは怖《こわ》い。

それでも、二度も逃げたくなかった。

アルフレインは馬で駆《か》け付けてくれたらしく、少し離《はな》れた場所に見慣れた黒馬がおとなしく待ってくれていた。いつものように先にアルフレインが乗り、そのまま素晴《すば》らしい腕力《わんりょく》で祥也を引っ張り上げてくれる……そう思っていた。

「！」

「……え……」

不意に、アルフレインが滑《すべ》り落ちるように馬から降りた。そして、次に見えたのは、背中から生えた——矢だった。

叫《さけ》びは、声にならなかった。ただ、硬直《こうちょく》した身体を長い腕が抱《だ》きしめてくれる。

「……っ」

その片腕が上がり、剣を投げた。続いて、ドサッと何かが落ちる音が聞こえてきたが、祥也は目の前の矢に神経が集中して他《ほか》に何も考えられない。

「団長っ！」

「アルフレイン様っ」

誰《だれ》かが口々にアルフレインの名を呼んでいる。医者を、サツキ様をと、叫んでいる。

抱きしめてくれていたはずの腕から力が抜《ぬ》け、急激に重くなってしまった身体を支えきれなくなった祥也は、一緒にその場に頽《くずお》れた。

「ア……アレン、さ……」

矢の根元から、ジワリと血が滲《にじ》んできた。アルフレインはピクリとも動かない。

「アレンさん、アレンさん……っ」

「……ヤ……」

「な、何っ？」

「……ぶ……じ、で……」

「何……何言ってるんだよっ」

身体に矢が刺《さ》さった状態で、人の心配をしている場合じゃない。こみ上げた感情に、ようやく止まった時が動きだした。

「早くっ、早く沙月を呼び戻してください！」

「はっ」

何人かの騎士《きし》が馬を走らせるのが聞こえる。矢が刺さった状態のアルフレインを寝《ね》かせることも出来ず、祥也は広い背中を抱きしめるように支えた。

「アレンさんっ、アレンさん、しっかりしろよ！」

密着しているからこそわかった。アルフレインの身体《からだ》から少しずつ熱が失われていっている。背中を支えている手にも、ぬるついたものが伝っていて、出血も続いていることがわかった。

(沙月、沙月、早くっ)

第二王子と馬車で帰城している沙月を捕《つか》まえ、そのまま連れ戻したとしても、この状態のアルフレインがいつまでもってくれるだろうか。頑強《がんきょう》な身体を持っていても、出血を止めることは出来ない。

「……あ……あ……」

だんだんと重くなっていく身体。祥也は溢《あふ》れそうになる涙《なみだ》を零《こぼ》さないよう、空を見上げて奥歯を噛《か》んだ。

「……すけて……神様……」

(この人を、助けてください……)

出会ってまだ数カ月、お互《たが》いのことをまだ深く知っていない相手。

それでも祥也は、アルフレインに死んでほしくなかった。

(助けてください……神様……っ)

命を代償《だいしょう》にするのは怖い。でも、アルフレインに生きて欲しい。死ぬのは怖い。それでも、アルフレインが生きてくれれば。

不意に、祥也の身体の中で熱がグルグル渦巻《うずま》いた。自分の身体が淡《あわ》い緑がかった金色の光に包まれ、その光が徐々《じょじょ》に密着しているアルフレインを飲み込み、熱が注がれていくのがわかる。

(……沙月とは違《ちが》うんだな……)

不思議と、そんなどうでもいいことを考えた。

「ショーヤッ?」

「大丈夫《だいじょうぶ》かっ?」

自分達を取り巻く騎士達が騒《さわ》いでいる。

(大丈夫、俺は……)

『世界が必要とした時、赤き命の癒《いや》しを行う者は、生涯《しょうがい》に一度だけ異なる世界の力と妖精《ようせい》族の力で、死者をも蘇《よみがえ》らせる強力な癒しの力を持つ。ただし――その力と引き替《か》えに、命を失うだろう』

バートランドのあの言葉。

自分の命を引き換《か》えにしても助けたいと思うなんて考えられなかったが、今は不思議とその事実を受け入れられた。

たった一度だけ、たった一人を。

(なんか……カッコいいじゃん……)

一人になってしまう沙月のことが心配だが、あれほど心配していたユーリニアスが側《そば》にいるのなら大丈夫だろう。

元の世界に帰れるかどうか、その方法をいつか見つけられたら。それでも、この国に残ると
……今の沙月なら言いそうだ。

（俺も……）

アルフレインが側にいてくれるなら、この世界にいてもいいかもしれない。

中学や高校時代、なかなか好きな子が出来ず、人知れず悩《なや》んできたことがあった。漫画《まんが》や小説の中で、その人のためなら死んでも良いと言っていても、そんなことあるはずないと思っていた。

でも、実際は好きな人のためなら死ねるというのではなく、好きな人には生きていて欲しい
――そう思うのだろう。

（そっか……俺……アレンさんのこと……）

胸の中にくすぶっていた想《おも》いにようやく答えを見つけることが出来た祥也は、安心してゆっくり目を閉じた。

＊　＊　＊

『アレンさん』

柔《やわ》らかな響《ひび》きが自分の名を呼ぶ。

深く沈《しず》んだ意識の中、アルフレインが想うのはただ一人のことだった。

沙月の癒しの力が周知され、その結果王位継承《けいしょう》問題が顕著《けんちょ》になると、第二王子ユーリニアスはまるでそれを意図していたかのように大胆《だいたん》に行動し始めた。

今まで見向きもしなかった社交界に顔を出したり、会議に出席したり。誰が見ても次期王に名乗り出るのではないかという振《ふ》る舞《ま》いに、それまで隠密《おんみつ》行動をとっていた者達に焦《あせ》りが生まれた。

皇太子を推《お》す者と、第二王子を推す者。

穏《おだ》やかな気質の皇太子より、幼いころから優秀《ゆうしゅう》だった第二王子を推す者達の声は大きくなり、焦った一部が暴走し始めた。国内を混乱に落とし、その隙《すき》に第二王子を亡《な》き者にする。

騎士団の中にもそんな思想に囚《とら》われた者達がいて、アルフレインはその異分子を取り締《し》まるのに慌《あわ》ただしい日々を送っていた。

許可なくくちづけをしてしまい、祥也を怖《こわ》がらせてしまったことは後悔《こうかい》していた。怯《おび》える祥也の顔を見るのが怖くて、避《さ》けてしまったのも嘘《うそ》ではない。

ただ、思った以上に粛清《しゅくせい》する者達の人数が多く、屋敷《やしき》に帰ろうにもその時間を作れなかった。

会いたいと、思慕《しぼ》だけが募《つの》る日々。そんな中、城壁《じょうへき》で大きな事故が起こった。

沙月が駆り出され、祥也も同行したことは心配だったが、周りを信頼《しんらい》する騎士で固め、自身は今回の事故の背後を調べた。

予想通り、この事故は人為的《じんい》に起こされていた。第二王子派の者が、現王と皇太子を陥《おとしい》れるために起こした愚《おろ》かな事故だった。

アルフレインは寝る間も惜《お》しんで関係者を拘束《こうそく》し、ようやく一段落した時には事故から五日、経《た》っていた。

伝令からは祥也の活躍《かつやく》も聞き、彼が周りに慕《した》われている様子に安堵《あんど》しながらも、一方で側にいることが出来ないことに忸怩《じくじ》たる思いを抱《いだ》いた。

少し時間が空き、一目でも顔を見たいと駆《か》け付けたのは――きっと神の采配《さいはい》だったのだろう。

「ショーヤ！」

目の前で、祥也が襲《おそ》われていた。

アルフレインは走る馬から飛び降り、その勢いのまま剣《けん》を振って、祥也達を囲む暴漢達をねじ伏《ふ》せた。

「アレンさん！」

祥也の無事を確認《かくにん》し、王城から駆け付けたユーリニアスに沙月を任せたアルフレインは、ようやく心を決めて祥也と向き合った。

祥也に愛を乞《こ》う。跪《ひざまず》き、その手を取って、情けない姿を晒《さら》そうとも想いを伝える。

そう決めた時、祥也を狙《ねら》う矢を見た。

剣で打ち払《はら》うのはギリギリ間に合ったかもしれない。だが、そうすると次の矢が飛んでくるかもしれない。弓を構えているのが何人か不明な状態で、アルフレインが身を挺《てい》して祥也を庇《かば》うのは当然だった。残った力を振り絞《しぼ》り、狙撃《そげき》者に剣を投げつけて次の攻撃《こうげき》を防ぐ。

「アレンさん、アレンさん……っ」

祥也の泣き声がする。アルフレインはその声に、彼が無事なことを確信して目を閉じた。

(く……っ)

身体《からだ》を貫《つらぬ》く矢の痛みに、新たにじわじわと熱さが加わる。アルフレインはその感覚で、矢に毒が塗《ぬ》られていたのだろうとわかった。祥也のようにか弱い者ならば、掠《かす》っただけでも命に関《かか》わったに違いない。

初めて、命を落とすかもしれないと悟《さと》った。しかし、アルフレインの胸の中にあるのは、祥也を助けることが出来たという充足感《じゅうそくかん》だ。

想いを伝えることが出来なかったが、それでも祥也が生きていてくれたことが嬉《うれ》しかった。


「……っは……っ」

不意に、ぐっと熱いもので心臓を包まれた気がした。

遠のいた意識が強引《ごういん》に引き上げられる感覚に、アルフレインはハッと目を開いた。

「ショ……」

目の前に祥也がいた。彼の顔は血の気が引いたように白く、いつも生命力に溢れていた黒い瞳《ひとみ》から光が失われていく。

「！」

「……」

目が合ったのは気のせいではない。祥也は無垢《むく》な笑《え》みを浮《う》かべ、そのままアルフレインの腕《うで》の中に倒《たお》れ込んだ。

「ショーヤ！」

助けたはずだった。その証《あかし》に祥也の身体にはどこにも傷はない。しかし、その命が尽《つ》きそうになっているのは誰《だれ》の目にも明らかだった。

「ショーヤッ、ショーヤ！」

何度呼んでも、祥也の目は開かない。

「団長っ、サツキ様が！」

「先輩《せんぱい》っ？」

馬車ではなく、騎士《きし》の馬に同乗していた沙月が、アルフレインの腕の中にいる祥也を見て悲鳴のような声を上げた。

「どうしてっ？　アルフレインさんが怪我《けが》をって、どうして先輩がっ？」

どうやら、沙月はアルフレインが負傷したと聞いて戻《もど》ってきたらしい。しかし、倒れていたのは祥也の方で、混乱し、恐怖《きょうふ》している様子がよくわかった。

「サツキ様っ、ショーヤを！」

ただ、今のアルフレインは沙月の気持ちを慮《おもんぱか》る余裕《よゆう》はなかった。早く祥也を助けて欲しい、その一心で沙月を呼び、沙月も直《す》ぐに祥也を癒し始める。

しかし。

「ど……して？　癒せない……癒せないよ、先輩っ、どうしてっ？」

沙月の癒しの力がその身を包んでも祥也は目覚めなかった。

「先輩っ、先輩、死んじゃいやだ！」

どんなに沙月の癒しの力が強力でも、死者を生き返らせることは出来ない。

「ショーヤ殿が団長を助けたんだ……」

「あの不思議な光が団長を包んで……」

「それではショーヤは……」

沈痛《ちんつう》な声がアルフレインの耳に届くが、それを信じたくなかった。祥也が死ぬはずないのだ。

(私を置いて、私を助けて……っ)

「祈《いの》りを……」

「感謝を捧《ささ》げなければ……」

城壁工事の事故で怪我をした者達を助け、騎士団長を救った。

居合わせた騎士達は祥也の死を悼《いた》み、そして悲しんでいる。祥也がどれほど愛されているのか、彼が知ったら気恥《きは》ずかしそうに笑っただろう。

生きていたら、きっと――。

アルフレインは祥也を抱き上げた。

「団長っ？」

「どちらに行かれるのですっ？」

アルフレインは声に答えず、愛馬を呼ぶ。彼はアルフレインの意図がわかっているかのように前足を折った。アルフレインが祥也を抱いて乗れるようにしてくれたのだ。

「乱心されましたかっ！」

騎士が血相を変えて叫《さけ》んだ。

「先輩をどこに連れて行くんですか！」

沙月が泣いて訴《うった》えている。

それでもアルフレインの決意は変わらなかった。祥也の魂《たましい》を必ず呼び戻すのだ。

門を抜《ぬ》け、馬を走らせたアルフレインが向かったのは《聖なる森》。彼と初めて会ったあの場所だ。

あの森には聖なる気が集まっており、アルフレインの特異な能力を発揮出来るだろう場所でもあった。

(父上……お許しください)

アルフレインの能力を評価し、一族の長《おさ》として選んでくれた父親。その信頼と愛に応《こた》えるのは当然だとずっと思ってきた。

だが、アルフレインの前に愛を捧げる存在が現れた。彼の、祥也のためになら、己《おのれ》の命も惜しくはないほど、いつの間にか身の内深くその存在は入り込んでいた。

《聖なる森》の奥深く、異なる世界から降りてきた祥也達を見つけた場所。

泉の側《そば》で馬を止めたアルフレインは、祥也を抱いたままふわりと飛び降りた。人目のないこの場所で己の力を隠《かく》す必要はまったくない。

柔《やわ》らかな風が吹《ふ》き、アルフレインのマントを脱《ぬ》がしたそれは、草の上に広がって落ちるように誘導《ゆうどう》する。

アルフレインは祥也の身体《からだ》をマントの上に横たえた。

「ショーヤ……」

血の気のない白い顔。閉じられた目は開くことがなく、アルフレインの名を呼ぶ声もない。

力のない者なら死んでいると言うだろうが、祥也の魂はまだこの身体に残っていた。今ならまだ、間に合う。

「その命で私を救ってくれた貴方《あなた》を、今度は私が呼び戻す」

膝《ひざ》をつき、物言わない唇《くちびる》にくちづけた。冷たいそれに心が悲鳴を上げるが、アルフレインは両手を祥也の心臓に当て、ただひたすら祈った。

(私が持つ力をすべて使っても)

「妖精《ようせい》よ……どうか私に愛する者をお返しください」

身体の中で力が渦巻《うずま》いている。初めて行使する力だが、何をどうすればいいのか、アルフレインは本能で理解していた。

《聖なる森》の気が大きく揺《ゆ》らぎ、騒《さわ》がしいほどに蠢《うごめ》いているのを感じる。

(ショーヤ……)

アルフレインの隠していたもう一つの力。

それは、魂に気を与《あた》える力。それこそ、人の死を覆《くつがえ》せる妖精族の禁忌《きんき》の力だ。

ただし、それは生涯《しょうがい》に一度、それも、気紛《きまぐ》れな妖精が拒《こば》めば失敗する、かなり特異な力だった。

ブランデル一族の長になった時、アルフレインは初めて妖精の姿を見、この禁忌の力を授《さず》かった。

遥《はる》か昔に滅《ほろ》んだはずの妖精が存在していたことにも驚《おどろ》いたが、死者を蘇《よみがえ》らせるなど、自然の摂理《せつり》に反するその力に、伝わっている妖精族の恐《おそ》ろしさを思い知った。いくら末裔《まつえい》といえど、この力を使うことなどあるはずがないと思っていたのに、今は長になり、この力を授かったことに心底感謝をした。

（ショーヤ……ショーヤ、その目でまた私を見てくれ……）

体中が熱くなる。流れている血がまるで沸騰《ふっとう》しているようで、息苦しくて眩暈《めまい》がしそうだった。それでもアルフレインは祥也から目を離《はな》さない。僅《わず》かな変化も見逃《みのが》せなかった。

「う……ぁ……」

禁忌の力を使う時、もう一つ大きな枷《かせ》をその身に付けることになるはずだ。それがどういうものかアルフレイン自身も知らないが、後戻《あともど》りは絶対にしない。

己の身を焦《こ》がすような熱と戦いながら、どのくらい経《た》っただろうか。

「……ふ……」

ふと、息が楽になった。

それまで身を苛《さいな》んでいた熱は収まり、騒がしかった周りの気も鎮《しず》まっているように感じる。

「……っ」

ふと、視線の先に、妖艶《ようえん》な黒髪《くろかみ》の女がいた。アルフレインを見、口元を緩《ゆる》める。

ワタシタチノチデ、クルシムトイイ
オロカナニンゲントノデキソコナイ
よくわからない響《ひび》きの後、女の姿はゆらりと消える。

慌《あわ》てて祥也に視線を戻せば、見下ろす祥也の胸元《むなもと》が、大きく上下したのがわかった。

「ショーヤッ」

妖精は力を貸してくれたのだ。

その見返りに何があろうとも、祥也が再びこの手に戻ったことを思えば苦も無く受け入れる覚悟《かくご》がある。

「……妖精様……感謝します」

アルフレインは祥也の手を強く掴《つか》んだ。

第七章

（……あ……れ？）

人間、死んだら会いたいと思う人に会えるのだろうか。

ゆっくりと目を開いた祥也は、目の前にある端整《たんせい》な顔に思わず笑いかけそうになって……次の瞬間《しゅんかん》目を見開いた。

「アレンさんっ、血が！」

アレンの整った顔に血が流れている。焦《あせ》った祥也は手を伸《の》ばし、鋭角《えいかく》な頬《ほお》に触《ふ》れて……ようやく気づいた。

「幽霊《ゆうれい》でも……触れるのか……？」

瀕死《ひんし》のアルフレインを救った時、祥也は自分が死んだと思った。後悔《こうかい》はしなかったし、アルフレインを助けることが出来て嬉《うれ》しかった。

それなのに、今目の前にいるアルフレインは血を流している。どうしてと泣きそうな気分になりながら手を伸ばした祥也は、その血が拭《ふ》きとれないことに茫然《ぼうぜん》とした。

「大丈夫《だいじょうぶ》です。これは血痕《けっこん》ではありません。妖精族の紋様《もんよう》です」

「……は？」

頭が働かない。ただ、血を流しているわけではないということだけわかった。

「ショーヤ……」

不意に身体が浮《う》き、そのまま力強く抱《だ》きしめられる。嬉しくて、祥也は重い腕《うで》を上げ、広い背中に手を回した。リアルな感触《かんしょく》が不思議だ。

「疲《つか》れたでしょう。今はゆっくり眠《ねむ》ってください」

「……うん……」

祥也は目を閉じた。すると、直《す》ぐに眠気《ねむけ》が襲《おそ》ってくる。

（やっぱり……死んでるのかな……）

これは、神様が見せてくれる最後の夢かもしれない。それなら、言えば良かったと思っていた言葉が一つだけ。

「……好き……だ」

「ショーヤ？」

「ア……レン、さ……」

焦ったようなアルフレインがおかしくて、祥也は楽しい気分で目を閉じる。本当にもう、このまま幸せな気分で死ねそうだ。

今、祥也はベッドの上だ。

「ショーヤ様、空腹ではございませんか？」

「大丈夫です、あの……もう、起き上がれます」

「いいえ、しっかり回復されるまで、寝室《しんしつ》から出さぬようアルフレイン様から命じられております」

ベルトランの言葉に、祥也は困ったように笑う。目覚めてからもう丸二日、身体《からだ》に不調はなく、自分でも本当に一度死んだのだろうかと不思議な気分だった。

いろいろ気になるし、何より甲斐甲斐《かいがい》しく世話をされることに慣れないので起きてしまいたいのだが、ベルトランの監視《かんし》は厳しくてベッドから抜《ぬ》け出すことも出来ない。せめてトイレだけは自分でしに行くことを許してもらえただけでもマシなのだろうか。

すると、タイミングよくドアが開く音が聞こえた。入ってきたのはアルフレインだ。

「ショーヤは？」

「目覚められております」

「食事の用意を。後で連れて行く」

「食堂でよろしいのですか」

交《か》わされる二人の会話で、どうやら起きる許可が貰《もら》えそうだとホッとした祥也だが、ふと目覚めた時に言った言葉を思い出し、動揺《どうよう》して目を逸《そ》らした。

自分がなぜあんなことを言ってしまったのか、その時の心境はわからないが、それでもまったく平気な顔をしてアルフレインを見ることは無理だ。

準備のために部屋を出て行くベルトランを縋《すが》るように見るが、無情にも寝室で二人きりになってしまった。

「そのままで構いません。今回のことは貴方《あなた》も知りたいと思いますので、説明をさせてください」

今回のこと。祥也が、いや、沙月が狙《ねら》われただろう事情は知りたかった。

真剣《しんけん》な話をするのに、こんな体勢ではあまりに失礼だ。祥也は一度呼吸を整え、おずおずとアルフレインに視線を向けた。

ベッドの脇《わき》にある椅子《いす》に腰《こし》かけたアルフレインは、布団《ふとん》から顔を出した祥也を見て目を細める。優《やさ》し気な表情は前と変わらないが、端整なその面影《おもかげ》には大きな変化があった。

祥也が怪我《けが》で出血していると思った、アルフレインの顔の赤い筋。改めて見ると、それは複雑に絡《から》み合う森の中の蔦《つた》のようだった。アルフレインの顔右半分を覆《おお》うそれは、背中と左手にもあるらしい。実際に見たわけではないが、隠《かく》したくないからと彼が教えてくれた。

血のように赤いそれは遠目からでも目立ち、まるでアルフレインが異質な存在だと知らしめているようだ。

目が覚めて改めてその顔を見た時、祥也は自分が失敗したのだと愕然《がくぜん》とした。たった一度しか使えない力の使い方を失敗し、アルフレインの身体に消えない痕《あと》を刻んで生き延びたのだと思った。

どんなに謝っても取り返しがつかないと蒼褪《あおざ》めた祥也に、これは罰《ばつ》などではなく、妖精族《ようせいぞく》の力を行使した代償《だいしょう》だとアルフレインは説明してくれた。

そこで初めて、祥也はアルフレインが妖精族の末裔《まつえい》であることを聞いた。この大陸の人達から禁忌《きんき》の存在として恐《おそ》れられている妖精の血を彼が引いていることに驚《おどろ》いたが、それでも怖《こわ》いとは思わなかった。

どうして身体に紋様が現れてしまう力を使ったのか、アルフレインは教えてくれない。ただ、自分が望んだのだと、力強く言った。

屋敷《やしき》の使用人達も最初は驚いていたが、今はまったく普通《ふつう》に受け入れているし、ベルトランなどは初見から平然と受け入れていた。

祥也も、不思議と最初からその紋様を怖いとは思っていない。ただ、どうしてと、疑問は消えなかった。

「ショーヤとサツキ様の襲撃《しゅうげき》を画策したのは、反第二王子の一部の貴族です」

日毎《ひごと》高まっている第二王子待望論を一気に覆《くつがえ》すため、反対勢力は《癒し人《いやしびと》》である沙月を亡《な》き者にし、その責任を取らせてユーリニアスを廃嫡《はいちゃく》に追い込むつもりだったらしい。襲ってきた者達は皆《みな》第二王子親衛隊の紋章《もんしょう》をまとっていたようだが、それも作為《さくい》的なものだった。

作戦が成功すれば、襲撃者を亡き者にして口を封《ふう》じる作戦だったらしいが、アルフレインが致命傷《ちめいしょう》を与《あた》えず生け捕《ど》りにしたことで、穴だらけの計画は露見《ろけん》した。

「そして、再度ショーヤが狙われたのは、襲撃に関《かか》わりのある貴族の顔を見たからです」

驚いたことに、事故の時門番の詰《つ》め所で見かけた馬車には事故を仕掛《しか》けた貴族が乗っていて、協力者の門番に口止め料を払《はら》いに来ていたらしい。

どうしてあのタイミングでと不思議に思えば、大勢の人がいる時の方がかえって目立たず、人を使わなかったのは事情を知る者を極力少なくしたいがため……ということだった。

祥也と目が合い、顔を覚えられたと思い込んだ貴族が暗殺者を雇《やと》い、万が一沙月の暗殺が失敗しても、目撃者《もくげきしゃ》の祥也だけは確実に殺せと命じられたと、捕《と》らえられた男達が白状したらしい。

「計画に加わった貴族達は、王と皇太子に粛清《しゅくせい》されました。それ以前に怪《あや》しい動きをしていた者はユーリニアス様が前もって確保していたので、思ったよりは少数だったようですが」

「……じゃあ、沙月が狙われることは……」

「ありませんと、断言は出来ません。しかし、限りなくありえないでしょう。ユーリニアス様もサツキ様の警護を手厚くされたようです」

「……良かった」

祥也は深い息をつく。何だか嵐《あらし》に巻き込まれたようだが、結果的に沙月は無事だったし、アルフレインも……。

安心した祥也はぼんやりと空を見つめる。

「ショーヤ」

不意に名前を呼ばれ、祥也はアルフレインに焦点《しょうてん》を戻《もど》す。綺麗《きれい》な灰銀の瞳《ひとみ》が優しく撓《たわ》むのが見えた。

「ご家族のもとに帰りたいですか？」

「……っ」

その瞬間《しゅんかん》、祥也は息をのんでまじまじとアルフレインを見つめた。まさか、今このタイミングで、彼からその話題を切り出してくるとは思わなかった。

「貴族の粛清が終わり、ショーヤ達の身の安全も確保されます。……今ならば、バートランドのもとへ案内出来ます」

穏《おだ》やかな口調は、アルフレインの覚悟《かくご》の強さを教えてくれる。

「どうしますか？」

帰りたいと願っていたはずなのに、祥也は直ぐに頷《うなず》くことが出来なかった。いろいろな感情が渦巻《うずま》いて、咄嗟《とっさ》に判断出来なかった。

（アレンさん……）

見慣れない赤い紋様《もんよう》が現れた端整《たんせい》な顔。自分がこうして生きていることと関係があるだろうに、アルフレインは一言も祥也のことを責めない。彼の深い優しさに胸が詰まった。

（俺は……）

自分の心に問いかけてみる。出てきた答えは、

「……行きます」

そう言うと、アルフレインは静かに頷いてくれた。

さすがに直《す》ぐというわけにはいかず、それからしばらく祥也は安静という名の怠惰《たいだ》な生活を送ることになった。

アルフレインがどう説明したのか、祥也は彼の命を救った恩人ということになっていて、使用人達からは下にも置かない丁重《ていちょう》な扱《あつか》いを受けている。

事実はそうかもしれないが、その後アルフレインに救ってもらったのはたぶん、自分の方だ。

アルフレインははっきり言わないが、祥也は確信している。だからこそ、自分ばかりが称賛《しょうさん》さ

れるのは違《ちが》うと思うのに、執事《しつじ》のベルトランは穏やかに言うのだ。

「貴方様がいらっしゃったからこそ、アルフレイン様は一族の長《おさ》としての覚悟をお決めになった。それだけでも、何物にも代えがたいほどの価値が貴方にはあるのですよ」

納得《なっとく》出来ないが、反論するのも違う気がする。

沙月も見舞《みま》いに来てくれた。

「先輩《せんぱい》！」

会うなり、しがみ付いて離《はな》れない沙月を抱《だ》き留めながら、祥也は一緒《いっしょ》に部屋に入ってきたユーリニアスを意外な思いで見た。

（俺と沙月を会わせたくないって考えだと思ってたけど……）

故郷を思わせる祥也との接触《せっしょく》は好ましくないという考えだと思っていたが、

「元気そうだな」

そう、幾分柔《いくぶんやわ》らかな眼差《まなざ》しで言われてしまい、どう反応したらいいのかわからなくなった。

表面上は穏やかな、でも、祥也にとってはどうにも落ち着かない時間が流れ、十日経《た》ってようやく、ベルトランから外出の許可を貰《もら》えた。

馬車ではなく、アルフレインの愛馬に乗って、《聖なる森》へと急ぐ。

馬に二人乗りになると、後ろに乗っているアルフレインの体温を感じた。長い腕《うで》は祥也の身体《からだ》を囲い込むように回されており、しっかり手綱《たづな》を操《あやつ》っている。

ただ、町中を走る時、数えきれないほどの視線を感じた。

それは嫌悪《けんお》であったり、畏怖《いふ》であったりと、負の感情が色濃《いろこ》いものだった。

隠していないので、アルフレインの顔を覆う紋様は誰《だれ》しもの目に入る。それは、彼が妖精族の血を引いているという、紛《まぎ》れもない証《あかし》だった。それまでは敬愛の対象だった騎士《きし》団長に対する市民の複雑な思い。わからなくもないが、アルフレインの心情を思うと、祥也は自分の方がつらく、悲しくなった。

「大丈夫《だいじょうぶ》ですよ」

「……」

「私自身は何も変わりません」

揺《ゆ》るぎない声で言う彼は、本当に強い人だと思う。

馬にとっては慣れた道なのか、あっという間に目的の建物の前までやってきた。

先に馬から下りたアルフレインが祥也の腰《こし》を抱《だ》いて下ろしてくれる。その拍子《ひょうし》に彼の顔がごく間近になった。

端整な顔の半分近くを覆《おお》う赤い紋様。初めて見た時は驚いたし、違和感《いわかん》も覚えたが、不思議なことにこの短期間で、これもアルフレインの一部だとすんなりと受け入れられるようになった。

祥也がじっと見つめると、灰銀の瞳が優《やさ》しく細められる。

た。

「どうしました？」

「な、何でもないです」

地面に下ろしてもらい、誤魔化《ごまか》すように早足で建物の中に入った。

「ショーヤ様っ」

不意に焦《あせ》ったような声が響《ひび》いた。考え事をしている間に、いつの間にかあの部屋に着いていたようだ。

出迎《でむか》えてくれたバートランドは、気づかわしげな目をしながら椅子《いす》を勧《すす》めてくれた。

「森の気が不安定に騒《ざわ》めいて、気になったので王城へ問い合わせたのです。すると、貴方《あなた》とサツキ様が襲《おそ》われたとお聞きして……お怪我《けが》は、お身体はよろしいのですか？」

「はい、もう大丈夫です。心配してもらってありがとうございます」

「そのようなことはいいのですが……どうされたのですか？　何かございましたか？」

バートランドは祥也に向けて話しかけてくる。祥也の力の秘密を話してから会っていなかったので、何事か困ったことがあったのだろうと考えているのかもしれない。一瞬《いっしゅん》、アルフレインの方をちらりと見て心配そうに眉《まゆ》を下げる様子に、ここにも自分のことを思ってくれている人がいるとわかってくすぐったかった。

そして、彼にとってはアルフレインの顔の紋様は何の意味もないのだと気づいてホッともした。

「バートランドさんに聞きたいことがあって」

「私にですか？　あの、それは……」

ここで話せばアルフレインに筒抜《つつぬ》けになってしまうと、また視線が彼の方に向かう。その様子に、祥也は大丈夫ですと告げた。

「アレンさんには、もう隠《かく》し事をしたくないんで」

「ショーヤ」

「ショーヤ様」

一呼吸を置き、今日の目的を切り出す。

「日本に、元の世界に帰る方法を知っていますか？」

「帰る……方法？」

祥也はアルフレインから聞いた、過去の《癒《いや》し人》達の話をする。この世界に来た人数が少ないし、神の仕業《しわざ》を暴《あば》きたくないと、今まで元の世界に戻《もど》る方法は探されていなかったことを説明すると、バートランドの瞳《ひとみ》が興奮と好奇《こうき》に輝《かがや》くのがわかった。

「確かに、私もそんな話は聞いたことがありません。そもそも、《癒し人》様は国が保護し、大切にする方で、元の世界に戻すことなど誰も考えなかった……っ。ショーヤ様、これは新しい視点ですっ、もしかすると、本当にその方法があるのかもしれませんっ」

バートランド自身はその方法を知らないようだったが、調べてみたいと身体全身で訴《うった》えている。そこまで前向きに考えてくれるとは思わなかったので意外だったが、祥也としてはもちろんお願いしたかった。

「お願いします、俺も出来るだけ協力するので、どうか調べてみてください」

頭を下げると、バートランドが焦ったように腰を浮《う》かべた。

「頭をお上げくださいっ。私としてもとても興味深い話なので……あ、で、でも、もしもその方法がわかったら、ショーヤ様はお帰りになるおつもりですか？」

興奮から一転、どうやらバートランドはその方法が見つかった後のことを考えたらしい。慌《あわ》ててアルフレインを見る。

「ショーヤの頼《たの》みを聞き届けて欲しい」

「……よろしいのですか？」

「ああ」

頷《うなず》くアルフレインに迷いはない。その横顔を見た祥也は、急に胸が苦しくなった。

(俺が帰っても……いい？)

沙月さえいれば、祥也はもう用済みだということなのだろうか。自分が今回の話を持ってきたくせに、アルフレインから手を離されるとどうしようもなく寂《さび》しく、不安になる。

それからしばらく、祥也はアルフレインとバートランドの話に割って入ることが出来なかった。

「え、えっと、今回もありがとうございます」

今日はベッドではなく、きちんと椅子に座っていたので丁寧《ていねい》に頭を下げて礼を言う。すると、目の前の人物は構わないと淡々《たんたん》と告げた。

「サツキが会いたがるからしかたがないだろう」

優雅《ゆうが》にカップを傾《かたむ》ける男——第二王子のユーリニアスは、そう言って隣《となり》に座る沙月を見る。

何事も沙月が優先のようだが、それだけ大切にしてもらっているのなら安心だ。

今回の一連の事件の首謀者《しゅぼうしゃ》は捕《つか》まったらしいが、それでも沙月の身が完全に安全なものになったとは思えなかった。

これから先も、沙月の貴重な力を狙《ねら》う人間が現れる可能性は高い。それならば、ちゃんと守ってくれる人間が側《そば》にいて欲しいし、それがこの国の最高権力者の一人なら安心だ。

祥也も用意された茶を飲み、ふと、ユーリニアスならば妖精《ようせい》族のことを知っているんじゃないかと思った。

「ユーリニアス様」

名前を呼ぶと、答える代わりに視線が向けられる。そのまま続きを話してもよさそうだ。

「妖精族のこと、知っていますか？」

そう切り出すと、茶を飲む彼の動きが止まった。

「先輩《せんぱい》、妖精族って何ですか？」

沙月は初めて聞くのか、興味津々《きょうみしんしん》で聞いてきた。

「俺も詳《くわ》しくは知らないけど、昔いたらしくて……」

「ショーヤ」

唐突《とうとつ》に名前を呼ばれた。ユーリニアスが祥也の名を呼んだのは初めてかもしれない。

内心驚《おどろ》いていると、彼はゆっくりカップを置いて祥也を見据《みす》えてきた。

「妖精族は禁忌《きんき》の存在だ。名を伏《ふ》せて言うように」

どうやら、思った以上の禁止ワードだったらしい。しかし、ユーリニアスの話しぶりから、彼は妖精族のことを知っているように思えた。

「禁忌の存在って？」

「沙月」

祥也が口籠《くちごも》っている間に、沙月がユーリニアスに尋《たず》ねる。あまり深く聞くと機嫌《きげん》を損《そこ》なうかもしれないと注意しようとしたが、ユーリニアスは淡々と話し始めた。

「過去、人間を半壊《はんかい》に陥《おとしい》れた者達だ。今は滅《ほろ》んだが、その力の強大さと醜悪《しゅうあく》さは代々言い伝えられている。我が国だけでなく、この大陸に住む者すべてが恐《おそ》れ、忌《い》み嫌《きら》っている」

「そ、そんなに怖《こわ》いんですか？　妖精なのに？」

祥也と同じ日本人の沙月には、妖精と聞いてもファンタジーで愛らしいイメージの方が強いに違《ちが》いない。

「今はいないと言われているが……」

そう言って、ユーリニアスはちらりと祥也を見た。

「紋様《もんよう》のことは知っているか？」

「は、はい」

「……それならば、あれがこの先理不尽《りふじん》な扱《あつか》いを受ける可能性があることもわかるな？　あれほど目立つというのに、あれは隠しもせずに王城に上がってくる。……まったく、開き直った者は強いとしか言いようがない」

起き上がれるようになってから、祥也はまた毎日アルフレインの見送りとお迎《むか》えをしている。その時も彼は顔の紋様を隠しもせず、騎士《きし》団長の制服をまとって馬に跨《また》がっていた。この屋敷《やしき》から王城まで、王都の町中を必ず通らなければならない。大勢の人にあの紋様はずっと見られているはずだ。

「覚悟《かくご》をした者は強い」

「……」

「お前もこのまま奴《やつ》の側にいるつもりなら覚悟を決めろ。もしも逃《に》げ出したいのなら……王城に来ればいい」

（こ、これって……心配してくれてるんだよ、な？）

アルフレインから逃げ出したいのなら保護する。そう言ってもらえて、祥也は思わずポカンとユーリニアスの顔を見つめた。祥也にまったく関心がないと思っていた彼が、そう言ってくれるとは思いもしなかったからだ。

しかし、じわじわとその意味を理解すると嬉《うれ》しくなった。心配してくれる存在は本当に頼もしい。

ただ、祥也の答えははなから決まっていた。

「ここにいます。俺の後見人は、アレンさんだから」

「……逃げ出すなよ」

「ありがとうございます、心配してくれて」

あまり関《かか》わりがなかったユーリニアスも、こうして話してみると結構いい人だとわかる。

祥也はもっとアルフレインと話そうと思った。たくさん話して、互《たが》いのことをもっとよく知りたい。

（だって、俺……）

その日、祥也は思い切ってアルフレインの部屋を訪ねた。風呂《ふろ》も入って、後は寝《ね》るだけの状態での突撃《とつげき》だ。

バートランドとの話し合いは、今後も定期的に行う約束をした。帰る方法を探すことは容易ではないだろうし、とりあえずは協力してもらえることがわかって一安心だ。

ユーリニアスとも、この先もっと分かり合えるかもしれない。

一つずつ安心出来る材料が増えていく中、祥也の心の中にはシンプルに大きな問題が残った。

そう、アルフレインとの関係だ。

元の世界に帰りたいという祥也の思いを、そのまま受け止めてくれた――ように見える。

しかし、祥也はずっともやもやとした気持ちを抱《かか》えていた。

(……勝手だ、俺)

アルフレインは祥也が望んだように動いてくれているだけなのに、それを寂しいと思う方がおかしい。

もちろん、元の世界に戻《もど》る方法が簡単にわかるとは思えない。もしかしたら、祥也が生きている間は無理かも……いや、その可能性の方が高いだろう。それでも胸の奥底でくすぶる望みに目を逸《そ》らせなかった。

「どうしました、ショーヤ」

部屋着に着替《きが》え、寛《くつろ》いだ様子のアルフレインの姿に、祥也はドキッとした。

「えっと……その」

「中へどうぞ。風呂《ふろ》上がりなのでしょう？　風邪《かぜ》をひいたらいけない」

思いがけない動揺《どうよう》でなかなか用件を切り出せないでいると、アルフレインに促《うなが》され、部屋の中に入ることになった。

品良く、上質な家具でシンプルにまとめられた部屋。椅子《いす》に促されておずおずと座れば、アルフレインはそのすぐ側の床《ゆか》に膝《ひざ》を突《つ》いて祥也を見上げる。

以前なら、アルフレインに手を取られていた。大きな手で、包むように握《にぎ》られると変に安心した。今から思えばまるで子供で、何の疑問もなく受け入れていたことが恥《は》ずかしいくらいだが、今は触《ふ》れてもらえない寂しさを感じてしまった。

祥也が話を切り出さなければ、アルフレインは何時《いつ》まで経《た》ってもこの体勢だろう。そうでなくても忙《いそが》しい彼に早く休んでもらうために、祥也は思い切って切り出した。

「この間は、ありがとうございました。俺の我が儘《まま》をきいてもらって……」

「いいえ、礼を言ってもらえるようなことをしたわけではありません」

穏《おだ》やかなその声に、つい口が開いてしまう。

「……アレンさんは、俺が元の世界に帰っても……平気ですか？」

「ショーヤ？」

「あ……な、なんでも、今のなしでっ」

とんでもなく恥ずかしいことを言ってしまった。祥也は瞬時《しゅんじ》に顔が熱くなり、いたたまれなくなって椅子から立ち上がろうとした。しかし、その前にアルフレインが立ち上がり、祥也が座る椅子の肘掛《ひじか》けに両手を置いてしまう。

「……っ」

上から見下ろされるこの体勢には覚えがあった。

『この屋敷を……私を厭《いと》うておいでですか？』

（……キス、したんだ）

男同士だというのに、不思議と嫌悪《けんお》がなかった。そのことを伝えられないまま、アルフレインは多忙《たぼう》になり、なかなか屋敷に戻らなくなってしまった。

またあんなふうに、アルフレインと距離《きより》が出来てしまうのかもしれない。不意にそんな思いに駆《か》られ、祥也は反射的にアルフレインのシャツを摑《つか》んだ。

「……ショーヤ？」

「あの時、アレンさんにキスされて、でも、俺、嫌《いや》じゃなかった、です」

なんの脈絡《みゃくらく》もなく言ってしまったが、目の前の灰銀の目が嬉《うれ》し気に細められるのが見えた。

「本当に？」

もう、恥ずかしくてアルフレインの顔が見られなかった。赤くなっているだろう顔を見られたくなくて俯《うつむ》こうとしたが、伸《の》びてきた長い指に顎《あご》を取られ、それも出来なくなってしまった。

「貴方《あなた》に厭われてしまったかもしれないと思うと、胸が張り裂《さ》けそうな痛みを覚えました。私にとって初めての感情で、衝動《しょうどう》のまま貴方を襲《おそ》ってしまわないよう、距離を置いたのですが……。私の勝手で寂《さび》しがらせてしまいましたか。申し訳ありません」

「あ、謝ってほしいわけじゃないですからっ」

反射的にアルフレインの謝罪を拒否《きょひ》しようとしたが、ふと今の言葉の中に物騒《ぶっそう》な物言いがあったことに気づいた。

「……襲ってって……」

清廉潔白《せいれんけっぱく》な騎士団長の彼に見合わない言葉だ。

不思議に思って繰《く》り返すと、アルフレインは自嘲《じちょう》的な笑《え》みを浮《う》かべた。

「謝罪をさせてください。あの時の私は、泣いてしまった貴方に欲情したのです。貴方が拒絶《きょぜつ》しなければ、そのまま無垢《むく》な身体《からだ》を組み伏《ふ》せてしまっていたかもしれません」

赤裸々《せきらら》な告白に祥也は声も出てこない。

（アレンさんが、俺に……欲情？）

女性らしい丸みもなく、ただ細いだけの面白《おもしろ》みのないこの身体に、アルフレインは欲情したというのか。その意味がじわじわと祥也を侵食《しんしょく》していき、ドクンと大きく心臓が跳《は》ねた。

「……アレンさん、あの、お、俺のこと……」

「貴方を愛《いと》おしいと思っています」

飾《かざ》りのない言葉が、祥也の心を鷲掴《わしづか》みにする。

アルフレインは誰《だれ》が見てもいい男だ。容姿《ようし》端麗《たんれい》で、騎士団長で、貴族で、その上誠実な人柄《ひとがら》の彼なら、それこそ相手はよりどりみどりだろう。それなのに、出会ってまだ数カ月の祥也に愛を囁《ささや》いている。

アルフレインが冗談《じょうだん》や策略で、口から出まかせを言う男ではないと、短い付き合いの中でも知っている。それならばこれは、アルフレインの本心だということだ。

「お、俺、男、なのに……」

最後の抵抗《ていこう》のようにそう言っても、アルフレインの答えに迷いはなかった。

「私はショーヤという一人の人を愛しています。性別は関係ありません」

跡《あと》継ぎを作らなければならない貴族がそれでいいのかと思うが、心の中から沸《わ》き上がる嬉《うれ》しさは止めようがない。

「で、でも、それならどうして、俺が帰りたいって言った時、止めなかったんですか？」

「初めて貴方に帰りたいと言われた時は動揺してしまいましたが、己《おのれ》の気持ちが決まるとそれもなくなりました。もしもショーヤが元の世界に戻るのならば、私も共に行けばいいだけだと」

「え……」

「貴方が我が国に降りられたのです。反対に、私が貴方の国に行くことも出来るはず。私は貴方の側《そば》を離《はな》れるつもりはありませんから」

思いがけない、それも強烈《きょうれつ》な口説き文句だ。祥也はただ茫然《ぼうぜん》とアルフレインを見つめ、その視線を離すつもりはないとでもいうように、目の前の彼は熱い眼差《まなざ》しを向けてくる。

「で……も、一族の、長《おさ》って……」

「長の代わりはいますが、貴方の代わりはいない」

ゆっくりと、アルフレインの顔が近づいてくる。

「くちづけていいですか？」

今、聞くのはとても狡《ずる》いと思う。

アルフレインは祥也が駄目《だめ》だと言うわけがないと確信しているようだ。その余裕《よゆう》が恨《うら》めしく思うが、心にもない拒絶の言葉は出てこない。

「……いいのなら、目を閉じて」

甘い誘惑《ゆうわく》の言葉に、祥也は誘《さそ》われるように目を閉じた。

＊＊＊

「……ん」

初めは軽く合わせるだけのくちづけを、二度目はもっと長いものにした。

まだ二度目のくちづけだ。目の前の伏せられたまつげが震《ふる》えるのが見える。

愛おしい――そんな感情が、アルフレインの心を支配していた。

触れる頬《ほお》を親指で撫《な》でると、慌《あわ》てたように身を引いてしまった。それを惜《お》しいとは思うものの、こちらを見る少しの怯《おび》えと羞恥《しゅうち》に彩《いろど》られている目に、身体の奥底で大きな衝動が蠢《うごめ》くのが自身でもわかった。

祥也と共にいる。これは、自身の想《おも》いに気づいた時から決めていた。もちろん、ブランデル家の長としての責任はあるが、それと祥也の存在を比べるまでもない。

祥也が生きていた世界に共に行くと告げたのも、祥也を離したくないからだ。

「……ア、アレンさん」

「はい」

《癒《いや》し人》が元の世界に帰れる可能性は、おそらく限りなく低いだろう。バートランドも、その方法を見つけたとしても、祥也に伝えるかどうか。今は未発見の方法を探《さぐ》ることに意識が向いていても、あの男はこの大陸の神を信仰《しんこう》している身だ、その神が呼び寄せた者をみすみす戻《もど》すようなことはしない。

ただ、万が一、その方法が見つかったとしたら、祥也に告げた通り、アルフレインは己もついて行くつもりだ。

「あ、あの、俺……」

祥也の唇《くちびる》が唾液《だえき》で濡《ぬ》れている。普段《ふだん》は清廉《せいれん》な雰囲気《ふんいき》の祥也が初めて見せる艶《つや》っぽさに、満足したアルフレインは目を細めた。

自分の手で、祥也がどんなふうに変わっていくのか見てみたい。

そこまで考え、アルフレインは自分が大切なことを聞き忘れていることに気づいた。

「ショーヤ」

「は、はい」

「どうやって私を助けてくれたのですか？」

尋《たず》ねた途端《とたん》、それまで上気していたように赤かった祥也の顔色が蒼褪《あおざ》める。もしかしたら、尋ねてはいけなかったことかもしれない。それでも、アルフレインは死が確実に見えていた己を救ってくれた祥也の力を知っておきたかった。

じっと黒い瞳《ひとみ》を見つめていると、拒絶するように瞼《まぶた》が閉じられる。それほどに……アルフレインに言えないほどに大切な秘密なのだろうか。それを、話してもらえないくらい、まだ祥也は己を信じてくれていないのか。

アルフレインの胸の中に黒いものが沸き上がりそうになった時、目の前の瞼がゆっくりと開かれた。黒い瞳は今度は逸《そ》らすことなく、こちらをじっと見つめている。

「……もう、ないんです」

「ない？」

「……俺の力……一度しか、使えないんです」

祥也が小さな声で語ってくれたのは、驚《おどろ》くべき妖精《ようせい》の力だった。

己の命と引き換《か》えに、たった一度、死者をも蘇《よみがえ》らせる力。人間に、そんな禁忌《きんき》の力を授《さず》けるなど、とても信じられる話ではなかった。いや、あの妖精族ならば、人を翻弄《ほんろう》して楽しんでいるあの女の姿を思い出し、アルフレインは溜《た》め息を噛《か》み殺した。

(己の命を代償《だいしょう》に……)

胸が苦しい。祥也がどんな思いでその力を使ったのか、そうしてもいいと——思ってくれたのか。

愛しいという感情だけではとても表せない。

「愛しています」

この胸の内を見せることが出来たらどんなにいいだろうか。言葉では表しがたいこの感情を伝える術《すべ》が限られているのが悔《くや》しく思う。

アルフレインの言葉に、祥也は不本意ながら驚いたようだ。目を見開き、口をパクパクとさせ、意味もなく手を動かす姿は幼子のように愛らしい。二十歳《はたち》という、この世界でも、そして祥也の生きていた世界でも成人している年齢《ねんれい》だというのに、こんなにも無垢なままでいたことを嬉しく思う。

「で、でも、もう俺、何の力も……」

「あなたを、愛しています」

そう言って、またくちづけする。少し開いたままのそこに舌を入れると、くぐもった声と共に両手でシャツを握《にぎ》られた。しかし、その手は以前のようにアルフレインを突《つ》き飛ばそうとはせず、まるで縋《すが》るように握りしめられている。

それが、祥也の心境の変化を表しているようだった。

「……ふ」

縮こまった舌を誘うように舐《な》めれば、目の前の手にさらに力が入ったのがわかる。アルフレインは白くなってしまった指に自分の手を重ねて握りしめた。

初めての感情に翻弄されていたとはいえ、祥也から距離《きょり》を取ってしまったあの時期は今から考えても苦しく、苦い日々だった。

（もう、間違《まちが》えることはない）

欲しいのなら、その手を握って離さない。

「私を受け入れてください」

これ以上待ち、またあのようなことがあったら。

祥也は力が無くなった自分を価値がないものだと思っているようだが、アルフレインにとって祥也という存在そのものが価値ある愛《いと》しい存在だ。

「愛しています」

否定の言葉を聞きたくなくて、アルフレインは噛みつくようなくちづけを落とした。

第八章

祥也は内心焦《あせ》っていた。このまま流されてしまったら、自分はどこまで許してしまうのか、祥也自身でさえわからない。それでも、直《す》ぐに制止の言葉が出てこないのは、本当に嫌《いや》だとは思っていないからだ。

『愛しています』

あれほど真摯《しんし》に告白されて、心が動かない人間なんていない。だいたい、祥也自身アルフレインが好きなのだ。

「ん……んんっ」

キスされても、戸惑《とまど》い以上に快感を覚える。触《ふ》れる唇は男とか女とか関係なく柔《やわ》らかく、甘く、嬉《うれ》しささえあった。

ただ、これ以上となると、祥也にとっては未知の世界だ。知識では男同士のセックスを知っていても、具体的にどんなことをするかまではわかっていない。キスまではこうして出来ても、お互《たが》いの身体《からだ》に触れるなんて――。

（は、恥《は》ずかし過ぎて、無理っ）

だいたい、アルフレインのことを好きだと自覚したのも最近だったし、彼が自分のことをそういう意味で好きでいてくれたことを知ったのは今、この瞬間《しゅんかん》だ。もう少し互いのことを知り、想いを育《はぐく》んだ後にそういうことをしてもいいのではないか。

重ねるだけではなく、口の中に舌が入り込んでくる濃厚《のうこう》なキス。これも、今初めて知った。

自分の口の中に誰《だれ》かの舌が入ってくるなんて想像もしていなかった。

ざらついた肉厚の舌が口腔《こうこう》内を我が物顔で支配し、どう応《こた》えていいのかわからず縮こまった舌に絡《から》み、吸われる。呼吸が上手《うま》く出来ないし、口中に溜まってしまう唾液が飲み込めずに唇の端《はし》から溢《あふ》れる。

それを器用に舐めとり、またキスを続けるアルフレイン。巧《たく》みなそれに、自分との経験の差を見せつけられる気分だ。

誠実で優《やさ》しい彼は、たとえ今祥也が拒《こば》んだとしても許して待ってくれるだろうし、その間に誰か別の人に手を出すことはないと信じられる。信じられるが、今度は祥也の方がもやもやとした気持ちを抱《いだ》いてしまいそうだ。

自分がこんなにも自己中心的な人間だと、祥也は初めて自覚し、恥ずかしくなった。祥也のために様々に手を尽《つ》くしてくれているアルフレインと比べ、自分の情けなさに何とも言えない気持ちだ。

「……怖《こわ》いですか？」

キスが解かれた後の思いがけない言葉に慌《あわ》てて視線を戻すと、アルフレインの表情は先ほどまでの艶っぽいものから、どこか寂《さび》し気で、傷ついたものに変化していた。

「ア、アレンさん」

「ショーヤの気持ちをもっと考えるべきでしたね。私の想《おも》いばかり押し付けてしまい、申し訳ありません」

そう言いながら、アルフレインは離《はな》れようとする。

「！」

咄嗟《とっさ》に手が伸《の》びていた。このまま離れてしまうと駄目《だめ》だと思った。

「お、俺も、同じですからっ」

アルフレインばかりに言葉を尽くさせて、自分は何も言わないで受け取るだけなんて卑怯《ひきょう》すぎる。

祥也は目の前のシャツを両手で摑《つか》み、引き寄せながらぶつかるように自分からもキスした。恥ずかしくて目をギュッと閉じたので、アルフレインがどんな表情なのかはわからない。それでも、好きなのはアルフレインだけじゃないと、行動でちゃんと示したかった。

「……俺も、好きです」

男とか、違《ちが》う世界の相手だとか、考えなければいけないことはたくさんあるかもしれない。

それでも、好きだという気持ちは紛《まぎ》れもない事実だ。

「……くちづけは嫌ですか？」

「……っ」

キスという言葉より、くちづけと言われると変に生々しい。文字通り、さっきまでされていた舌まで入る大人のキスを想像し、祥也は顔が熱くなった。

「……キ、キスは、嫌じゃ……ないです」

「泣きそうな顔をしていたのに？」

「あ、あれはっ、その……俺、こういうの、慣れてなくて……」

自分の経験のなさを告白するのは死ぬほど恥ずかしいが、アルフレインは悪くないということと、自分が戸惑っている理由をちゃんと伝えたかった。

お互い想い合っていることがわかっても、それならばすぐに身体の関係をなんて考えつかず、どうしてもわからないことへの怖さの方が先に立ってしまうのだ。

何とかわかってもらおうと一生懸命《いっしょうけんめい》説明すると、アルフレインはそっと手を広げた。

「抱《だ》きしめても？」

「……いい、です」

長い腕《うで》がすっぽりと祥也を抱きしめてくれる。

「私も、初めてです」

「……え？」

「こんなにも愛《いと》おしい人と触れ合うのは……ショーヤのように、怖いとさえ思います」

アルフレインの響《ひび》きの良い声が耳のすぐ近くで囁《ささや》く。

「それでも、私は貴方《あなた》と触れ合いたいと思っている。……ショーヤ」

「は、はい」

「貴方が嫌だと言えば止《や》めます。だから、もう少し触れてもいいですか？」

それが、今のこの抱擁《ほうよう》とは意味が違うと言うのはさすがにわかる。ここで駄目と言えば、アルフレインは待ってくれるはず――。

「……い……い、です」

しかし、祥也の口から出たのは肯定《こうてい》だった。

恥ずかしくても怖くても、好きな人に触れたいと思う気持ちは祥也の中にもあるのだ。

「いいのですか？」

「……頑張《がんば》ります」

その答えにアルフレインは息だけで笑い、頬《ほお》にそっとキスされた。

アルフレインが湯を浴びている間、ベルトランが温かなミルクを持ってきてくれた。

今から自分とアルフレインが何をするのか、知られているみたいで猛烈《もうれつ》に恥ずかしくて顔を上げられない。

「ショーヤ様」

「は、はい」

しかし、名前を呼ばれた祥也は反射的に顔を上げ、優し気な目をしたベルトランと視線が合った。

「アルフレイン様をよろしくお願いいたします」

「ベルトランさん……」

「主《あるじ》は、とても複雑な血を引き継《つ》いでいる方です。ですが、その血に負けることなく、誠実に生きていらした。だからこそ、貴方様と出会えたのだと思います」

ベルトランは妖精《ようせい》族のことを知っている。その上でアルフレインに仕えているのだと思うと、主従の絆《きずな》の深さに胸が熱くなった。

「おやすみなさいませ」

ベルトランは綺麗《きれい》な礼を取り、部屋を出て行く。

その姿を見送り、温かなミルクが入ったカップを握《にぎ》りしめていた祥也は、不意に頬にキスをされてハッと我に返った。

「あ……」

アルフレインは祥也の手にあるカップを見つめ、苦笑《くしょう》した。

「ベルトランが何か言いましたか？」

「……いいえ」

彼は心からアルフレインの幸せを願っていた。それを、祥也に託《たく》してくれたのだ。

「アレンさん」

「……ショーヤ」

アルフレインに抱きしめられる。風呂上《ふろあ》がりだというのに少し冷えた身体《からだ》は、彼が時間を潰《つぶ》してきたのだと教えてくれた。

「冷えてますよ」

そう言うと、少しバツが悪そうな顔をする。見慣れない表情だが、何だか素《す》の彼のようで、祥也は思わず笑ってしまった。

「……そんなふうに愛らしく笑わないでください」

「え？」

「せっかく逃《に》げる機会を作ったのに……ここにいるということは貴方も同じ気持ちだと思いますよ」

「うわっ」

そのまま伸《の》し掛《か》かられ、ベッドに仰向《あおむ》けに倒《たお》れる。顔のすぐ側《そば》に両手を突《つ》くアルフレインの髪《かみ》は濡《ぬ》れていて、目を細めて見下ろしてくる表情には凄烈《せいれつ》な色気が滲《にじ》んでいた。

大人の男の存在感に圧倒《あっとう》された祥也が怯《おび》えたのに気づいたのか、アルフレインの雰囲気《ふんいき》が和《やわ》らいだ。

「いてくれて嬉《うれ》しいです」

「だ、だって、俺も、アレンさんのこと、ちゃんと……っ」

好きだからと口の中でゴニョゴニョと誤魔化《ごまか》したが、意図は伝わったらしい。まるで褒《ほ》めるように額に唇《くちびる》が押し当てられ、指で頬をくすぐられた。

「……んっ」

たったそれだけの刺激《しげき》に動揺《どうよう》し、祥也は声を上げてしまう。思ったよりも甘い声は、とても自分が出したとは思えない。

咄嗟に手で口を覆《おお》ったが、アルフレインの耳には届いていたようで、目を細めて耳元にキスをしてきた。

「可愛《かわい》い」

耳元で、そんなにも甘い声で囁かないで欲しい。居たたまれなくて身体をひねろうとするものの、逞《たくま》しいアルフレインの身体に阻《はば》まれて叶《かな》わなかった。

「もっと、聞かせてください」

「……やだっ」

「お願い」

強請《ねだ》られても、意識して出せる声じゃない。

（お、押されっぱなしだろっ）

どこまで自分が許せるのかわからないが、祥也も男だ。一方的に奉仕《ほうし》されるつもりはない。

大きく息をつき、祥也は改めてアルフレインを見上げた。

（……大きい）

日本人の男としては、祥也は身長が高い方だった。ただ、最近はちゃんとした運動をしていないので筋肉はあまりついていないし、どちらかと言えば痩《や》せすぎの方かもしれない。それと比べれば、アルフレインは逞しかった。決して筋骨隆々《りゅうりゅう》ではないのに、胸板《むないた》も厚く、しっかりと肩幅《かたはば》もある。そのくせ、手足は長く腰《こし》も細くて、言ってみればモデル体型だ。

顔だって――。

（……紋様《もんよう》……）

アルフレインの顔を覆う蔦《つた》のような赤い紋様は、普段《ふだん》服で隠《かく》れている首筋から鎖骨《さこつ》にまで現れているのが見えた。

それを辿《たど》るように頬に手を当てると、アルフレインが苦笑を零《こぼ》すのがわかる。

「怖《こわ》いですか？」

「……怖くない」

頬に伸《の》ばしていた指を下ろした祥也は、アルフレインのシャツのボタンに触《ふ》れる。でも、片手では外せなくて、祥也は唇を尖《とが》らせた。

「……外れない」

これを外さないと見えないのにと思っていると、アルフレインが祥也の指を摑《つか》んだ。止められたのかと思ったが、そのまま自分の手でボタンを外していく。

「あ……」

鎖骨から肩《かた》、そして腰に伸びる、赤い紋様。ズボンを穿《は》いているのでその下は見えないが、中へと続いている様子はわかった。

確か、妖精族の力を行使した代償《だいしょう》に現れたと言っていたはずだ。

（妖精族の力って……）

「……俺を、助けてくれたんだな」

「ショーヤ、それは違《ちが》います。私が、ショーヤに生きて欲しいと願ったのです」

あくまで自分の欲のためだと言うアルフレインに、祥也は半泣きの顔で笑った。ここまで自分を大切にして、護《まも》ってくれる人がいるだろうか。

男同士とか、関係ないと改めて思う。

祥也は自分の服のボタンに指を掛けた。

実のところ、セックスの知識だけは人並みにある。もちろん、その対象は女の子だし、リードするのは自分の方だと当然のように思っていた。

しかし、アルフレインと並べば、どちらがリードするかなんてわかり切っている。それでも流されるままではいないと、祥也は上半身裸《じょうはんしんはだか》の状態でベッドの上に座った。

目の前にはアルフレインが、同じように上半身裸で座っている。綺麗に筋肉のついた身体に見惚《みと》れていると、アルフレインの方から切り出してきた。

「触れても？」

「う、うん」

頷《うなず》いた途端《とたん》腕《うで》を取られ、そのままグッと引っ張られる。肌《はだ》と肌が触れあい、その熱さにフルリと震《ふる》えた。

首筋に、アルフレインが唇を寄せる。肌に唇が触れてくすぐったい。祥也は無意識に身体を引こうとしたが、いつの間にか回っていた手に腰をしっかり抱《だ》かれていた。

「ア、アレンさん、くすぐった……」

「では、これは？」

湿《しめ》った感触《かんしょく》が肌をなぞる。それがアルフレインの舌だと気づき、祥也は反射的に身をひねった。しかし、その拍子《ひょうし》に体勢が変わってしまい、アルフレインの頭はもっと下、胸元《むなもと》へと落ちてしまう。

「うわぁっ」

乳首《ちくび》を舐《な》められた。

「そ、そんなとこっ」

「可愛い」

男の乳首など可愛くもないのに、アルフレインの声はどこか楽し気で、再び舐められた。驚《おどろ》きが去ると、次に襲《おそ》ってきたのはくすぐったさとゾワゾワする感覚。

(な、なんでっ?)

ただの飾《かざ》りのはずが、アルフレインが触れるだけでそこが感じる場所になってしまっている。丁寧《ていねい》に舐め上げられ、時折歯が掠《かす》る。そのたびに跳《は》ねそうになる身体を抑《おさ》えるのに必死になった。

このままでは一方的に感じさせられてしまう。

咄嗟《とっさ》に伸ばした祥也の手は、アルフレインの下肢《かし》に触れていた。

「……っ」

さすがに驚いたらしい彼の顔に少しだけ満足し、祥也は思い切って触れたものに手を押し当ててみる。

（で……でか）

変な話、同じ男のものだと思っていた。異世界の人間だと言っても外見的には祥也たちと同じで、そこも当然同じだと思っていたのだが、手で触れただけでも祥也の想像以上のものだというのがわかってしまった。

考えてみたら、体格の差がこれだけあるのだ、そこも体格に見合ったものがついているとどうして想像しなかったのだろうか。

祥也は自分の暢気《のんき》すぎる考えを今さらながら後悔《こうかい》するが、さすがにここで「大きいから止《や》めよう」とは言えない。

「……ショーヤ」

「ひゃ……っ」

濡《ぬ》れたアルフレインの声に、祥也の下半身に一気に熱が集まった。見覚えのある感覚に戸惑《とまど》う間もなく、祥也の下肢に大きな手が触れる。そのまま、アルフレインはゆっくりと手を動かし始めた。風呂上《ふろあ》がりに着る薄着《うすぎ》のズボンはダイレクトに刺激を伝えてきて、見る間に布地を押し上げてペニスが勃《た》ち上がってしまう。

「んっ」

アルフレインの手が、勃ち上がったものをゆっくりと撫《な》で上げるように動いている。初めて感じる他人の手。自分でする時とは違う手の動きに翻弄《ほんろう》され、祥也の手は何時《いつ》しかアルフレインの腕《うで》を縋《すが》るように摑んでいた。

「……濡れてる」

耳元で囁《ささや》かれた瞬間《しゅんかん》、信じられないことに祥也は下着の中で射精していた。

（う……そ）

まだ数回擦《こす》られただけだ。いつもならもっと持つのにとか、濡れた下着をどうするのかとか、様々なことが頭の中を渦巻《うずま》いた。

そんな祥也の隙《すき》をつくかのように、アルフレインが腰を抱《だ》き寄せる。

「濡れた服は脱《ぬ》ぎましょうか」

「……あ……」

腰を持ち上げられ、器用にズボンが下着ごと脱がされていく。上半身もシャツは開けられていて、ほとんど裸《はだか》状態だ。

無意識に下半身を隠そうと両手を前にやるものの、途中《とちゅう》でその手はアルフレインによってベッドに縫《ぬ》い付けられる。

「……ショーヤ」

甘く名前を呼ばれ、キスが落ちてきた。何度も軽く合わされたそれが、不意に深いものへと変化する。

「ん……むぅ」

合わせた唇《くちびる》の間を割って入ってきた舌は、口腔《こうこう》内をゆっくりと犯《おか》していく。溢《あふ》れそうになる唾液《だえき》まで搦《から》めとり、呼吸をする余裕《よゆう》もないほどだ。

初めはなすがままだった祥也も、おずおずとその舌に応《こた》え、チュッと吸ってみる。すると、手首を押さえているアルフレインの手に力が入ったように感じた。

（お……と、が……）

艶《なま》めかしい音が嫌《いや》でも耳に入り、自分が今何をしているのかを思い知らされる。恥《は》ずかしくてたまらないのに、キスを止めて欲しいとは思わなかった。

祥也が懸命《けんめい》にキスに応えている間に、アルフレインが再び伸《の》し掛《か》かってくる。厚い身体《からだ》に組み敷《し》かれた時、下肢に何かが触《ふ》れた。

（……え？）

熱く、少しだけ汗《あせ》ばんだそれはアルフレインの素肌《すはだ》だ。祥也とキスをしながら器用に自身の服を脱いだらしい。

（これ……っ）

熱く、硬《かた》いそれが、祥也の太腿《ふともも》にゆっくり擦りつけられる。それがアルフレインのペニスだと悟《さと》り、祥也は息をのんだ。

裸で抱き合う。まるでセックスだ。

祥也だけ感じているのが悔《くや》しくて、身じろぎしながら太腿でペニスを刺激《しげき》する。無駄《むだ》な抵抗《ていこう》のような拙《つたな》いそれに、押し当てられるものがさらに大きく硬くなっていくのがわかった。

自分は一度射精してしまった。アルフレインも同じように——そう思い、祥也は緩《ゆる》んだ拘《こう》束《そく》から手を引き出し、二人の身体の間に滑《すべ》らせる。

何とか片手で握《にぎ》れるものの、指が回り切らない。それでも祥也は手を上下し、懸命に感じさせようと頑張《がんば》った。自慰《じい》をする時、自分がどうすれば気持ちが良いかを思い出しながら、祥也はアルフレインの鎖骨《さこつ》に額を押し当てながら力を込める。

「……っつ」

熱い吐息《といき》が頬《ほお》にかかった。アルフレインの手が祥也のペニスを摑《つか》み、巧《たく》みに扱《しご》きながら擦り始めた。一度射精したものと再び滲《にじ》み出てきた先走りの液で、自分のものが恥ずかしいほど濡れているのがわかった。

それはペニスの根元を伝い、尻《しり》の狭間《はざま》まで零《こぼ》れているようだ。

漏《も》らしてしまったような感覚に身体を震わせ、アルフレインの動きに翻弄されないよう自分も必死に手を動かしていると、

「ひゃっ？」

不意に、根元の双玉《そうぎょく》を揉《も》み込んだ指先がその奥に滑り降りてきて、思わず声を上げてしまった。

「そ、そこ……っ、待ってっ」

「……気持ち悪い？」

「へ、変だからっ」

ペニスに触れられることは覚悟《かくご》していても、さすがに尻の奥までは考えていなかった。

いや、さすがに祥也も、男同士のセックス……それも繋《つな》がるセックスがどの部分を使うのか知識としては知っていた。ただ、今夜は互《たが》いにペニスを擦り合い、射精して終わりだろうと思っていたのだ。

「ショーヤ」

咄嗟にアルフレインの腕を摑み、それ以上の侵入《しんにゅう》を拒《こば》もうとすると、甘えるような、強請《ねだ》るような声がして、耳を食《は》まれた。

「！」

「嫌なら……そう言って？」

（だ、だから、反則っ）

繋がることが嫌なんじゃなく、まだ気持ちが追いついていないだけだ。

拒否《きょひ》の言葉が今にも口をついて出そうなのに、信じられないが触れられた部分が疼《うず》いた。たったあれだけの刺激で自分の身体がそれ以上のものを望んでいるのだと思い知らされた気分で、どうしていいのかわからなくなる。

「ショーヤ」

想《おも》いが滲む声で何度も名前を呼ばれると、このまま押し負けてしまいそうだ。

祥也はアルフレインから顔を背《そむ》け、シーツに押し付けるようにして隠《かく》した。

自分の指も回り切れないほどの大きさのものが、あんな狭《せま》い場所に入るわけがない。先端《せんたん》が入るだけでも切れて、鋭《するど》い痛みが襲ってきそうだ。

嫌ではないが、痛いのは嫌だ。

＊＊＊

猛《たけ》った陰茎《いんけい》は、早くこの狭い場所に押し入り、最奥まで犯したいと熱を持っている。指先も入らないここはどれほどの快楽を与《あた》えてくれるだろうか。

祥也への愛と共に消し難《がた》い肉欲に侵食《しんしょく》されていたアルフレインだったが、涙目《なみだめ》で自分を見上げてくる黒い瞳《ひとみ》に縫い留められたかのように動きが止まった。

快楽に上気しているように見えた顔は、怯《おび》えと戸惑いが色濃《いろこ》かった。幼さの残るその顔に、アルフレインは息をのむ。

祥也のすべてが欲しかった。

同じように好意を寄せられていると知り、一刻の猶予《ゆうよ》も待てなかった。

　しかしそれはアルフレインの事情で、祥也は違《ちが》った。怖《こわ》くないと健気《けなげ》に答えていたが、それまで男を受け入れたことがない身で、恐《おそ》れが無くなったとどうして思えるのか。

「……」

　アルフレインは大きく息を吐《つ》く。それくらいで高まった情欲は消えなかったが、何よりも大切な祥也を第一に考えることが出来た。

「ア……レン、さ……」

　急に動きを止めたアルフレインに不安になったのか、祥也がか細い声で名前を呼ぶ。

　何も心配することなどないと、その目元にくちづけを落とした。

「私を信じてください」

「……うん」

　健気に頷《うなず》いてくれた祥也は目を閉じる。その瞼《まぶた》にもう一度くちづけを落としたアルフレインは、ベッドの枕《まくら》もとにある小箱に手を伸ばした。有能な執事《しつじ》は、きちんと仕事をしてくれている。

「少し冷たいですが」

　小瓶《こびん》に入った液体を手のひらで温め、それを祥也の最奥に塗《ぬ》り付けた。この香油《こうゆ》は鎮痛剤《ちんつうざい》の効能もあるので、痛みはだいぶ小さくなるはずだ。

　濡《ぬ》れた指を何度も狭間に滑らせ、香油を馴染《なじ》ませていく。祥也の体温で温まったそれは快感を高め、やがて祥也の狭いそこはアルフレインの指を飲み込んでくれた。

「んぁっ」

「痛みますか？」

「……だ、い……じょぶっ」

初めての経験に、痛みはあるはずだった。しかし、健気にも祥也はそれを押し殺し、アルフレインを受け入れようとしてくれている。

「ショーヤ……」

喘《あえ》ぐ唇《くちびる》を塞《ふさ》いだ。初めは逃《に》げてばかりだった小さな舌は、今は懸命にアルフレインのそれを吸い、愛撫《あいぶ》を返そうとしてくれている。

祥也と深く繋がりたい。

喘いで、しがみ付いてくる身体を、壊《こわ》れるほど揺《ゆ》さぶって、己《おのれ》を刻み込みたい。

暗い欲望に自嘲《じちょう》しながらも、愛《いと》しい人を手に入れられる歓喜《かんき》が凌駕《りょうが》する。

アルフレインは猛《たけ》り、収める場所を求める己の陰茎を、解《ほぐ》れた祥也の最奥に押し当てた。ゆっくりと腰《こし》を進めると、細い腰が戦慄《わなな》くのがわかる。優《やさ》しくしなければと思うのに、逃《のが》れないようにしっかりと摑み、アルフレインは祥也の聖地を犯していった。

「あ……あっ」

苦痛に歪《ゆが》む祥也の顔にくちづけの雨を降らせながら、アルフレインは二人の身体の間で萎《な》え

た彼の細身の陰茎を握る。

陰茎への刺激で多少痛みが和《やわ》らいだのか、祥也は上気した顔で喘ぎ始めた。痛みを逃すためなのか、ぎこちなく腰を揺らす祥也の動きと、徐々《じょじょ》に合ってくるそれに、アルフレインはかろうじて理性を保ち、愛しい者の快楽を優先する。

「……あっ」

一際《ひときわ》強く中を擦《こす》り上げるのと同時に、細身の陰茎を扱いた。熱いものが二人の身体を濡らしていくのがわかる。

「……す……き、だ……」

涙で潤《うる》んだ黒い瞳が、真っすぐアルフレインを見つめていた。

この大陸では忌《い》み嫌《きら》われている妖精《ようせい》族と同じ色なのに、温かくて、清い。こんなにも淫《みだ》らな行為《こうい》をしているというのに、どこまでも清廉《せいれん》だ。

「……すき……っ」

「……っつ」

愛しくてたまらない。もう、そんな言葉では表せられない。

無意識の告白にアルフレインも一気に上り詰《つ》めると、祥也の最奥に向かって精を吐き出す。

もっと貪《むさぼ》りたい、毎日でも愛し合いたい。

その日が一日も早く訪《おとず》れることを祈《いの》りながら、アルフレインはようやく手に入れた愛しい身体《からだ》を抱《だ》きしめた。

エピローグ

「沙月、大丈夫《だいじょうぶ》かな」

「ユーリニアス様がついていますから」

「……うん」

祥也は今、王城へと向かっていた。

祥也自身とアルフレイン。二人の生死が関《かか》わったあの事件は、ようやく沈静《ちんせい》へと向かっていた。

それは、第二王子のユーリニアスが、大々的に王位継承《けいしょう》権の放棄《ほうき》を宣言したからだ。

もともと王座に興味がなく、兄である皇太子を敬愛していたユーリニアスは、今回のことで自身の立場を明確に示した。将来は宰相《さいしょう》となり、皇太子を支えていく、らしい。

王家のことはよくわからない祥也も、ここしばらく後始末に奔走《ほんそう》していたアルフレインがようやく休めることにほっとした。

しかし、次に心配になったのは沙月のことだ。

現状、ユーリニアスが保護している形の沙月の扱《あつか》いはどうなるのか。

この世界に来てから、向こうの思惑《おもわく》はあるだろうがずっと沙月の側《そば》にいたユーリニアスだ。離《はな》れてしまったら、沙月が不安になるのではないかと心配になった。

しかし、そのことをアルフレインに言うと、沙月の後見人はユーリニアスのまま動かないらしい。ユーリニアスが望み、沙月本人もそう希望したと聞いて、祥也はようやく安心出来た。

そして、今日改めて王城に呼ばれている。

「ねえ、アレンさん」

「はい」

「俺が王様や皇太子に会う意味ってある？」

祥也の立場は、沙月にくっついてこの世界にやってきた単なる一般人《いっぱんじん》だ。《癒《いや》し人》としての力もない。

「皇太子殿下《でんか》がお会いしたいと言われたそうですよ」

「う……」

「……私としても、会ってもらいたくはなかったんですが」

「アレンさんも？　そうだよな、俺って礼儀《れいぎ》ないし……」

「いえ。皇太子殿下がショーヤを見初《みそ》めてしまうかもしれないので」

「は？　……な、ないっ、絶対ないって！」

「いいえ、それだけショーヤは魅力的《みりょく》だということです。出来れば屋敷《やしき》に閉じ込めて出したくないのですが」

真面目《まじめ》な顔で淡々《たんたん》と告げてくるアルフレインは、本当にそう思っているらしい。

(俺なんかを好きになってくれるの、アレンさんくらいだってばっ)

あの夜から、アルフレインの溺愛《できあい》ともいえる愛情の示し方は日々威力《いりょく》を増している気がする。

そういうことに慣れない日本人の祥也は、受け止めるだけで精一杯《せいいっぱい》だ。

言葉にして返すこともハードルが高く、そういう時は——。

「アレンさん」

「……ショーヤ」

祥也が手を差し出すと、嬉《うれ》し気に目を細めたアルフレインが強く握《にぎ》りしめてくる。

『以前の私は、触《ふ》れる相手の感情が読み取れていたんです』

互《たが》いのことを知るためにたくさん話をする中で、アルフレインは己の秘密を教えてくれた。

出会った当初から、不思議と祥也が望むことを先回りして叶《かな》えてくれていたと思ったが、そういった種があったのかとすんなりと納得《なっとく》出来た。

その力は今、無くなってしまったらしい。祥也を助けるために失ったのかもしれないと思ったが、アルフレインがきっぱり否定するのでそれ以上謝罪も出来なかった。

ただ、不思議と祥也に対してだけは、明確な感情はわからなくても揺れは感じ取れるらしい。

ことあるごとに触れたがるアルフレインに祥也もすっかり慣れ、手をつなぐのは今では互いの精神安定剤《ざい》のような感じだ。

乗馬では後ろから包み込まれている安心感があるが、馬車も隣《とな》り合わせで顔が見られるから嬉しい。

「楽しそうですね」

「そうかな」

もちろん、すべてが解決したわけじゃない。元の世界に戻《もど》る方法は今から調べるし、アルフレインとの関係も……もっと深くなりたい。

（でも、いつだって隣《となり》にいてくれる）

絶対的に信じられる存在が側にいてくれる。そのことが嬉しくて、

「好きだ」

思わず口にすると、アルフレインも蕩《とろ》けるような優《やさ》しい眼差《まなざ》しを向けてくれた。

「愛していますよ、ショーヤ」

end

あとがき

こんにちは、ｃｈｉ－ｃｏです。今回は「神子《みこ》じゃない方が、騎士《きし》団長の最愛になるまで」を手にとっていただいてありがとうございます。

久々の異世界ものです。元々異世界トリップの話は大好きでしたが、こうして書くのはまた違《ちが》った楽しさがあることを改めて感じました。

今回の主人公は平凡《へいぼん》な大学生、いわゆる「じゃない方」です。望まれてきたというわけではなく、後輩《こうはい》のついでと本人は思いこんでいます。もちろん、本人にはそれなりの役目があるのですが、自分の存在価値を求めて一生懸命頑張《いっしょうけんめいがんば》る姿に、ぐっと惹《ひ》き付けられるもう一人の主人公。

騎士団長。いいですね、この役職。見るだけで様々な妄想《もうそう》が頭の中を駆《か》け巡《めぐ》ります（笑）。

今回はいかにも堅物《かたぶつ》な騎士団長が、ほぼ一目《ひとめ》惚《ぼ》れと言ってもいい主人公を全力で囲い込んでいきます。財力も地位もあるなんて、本当に強い。

騎士団長にもそれなりの秘密があって、それを互《たが》いに口に出来ないもどかしさも堪能《たんのう》してください。

今回のイラストレーターさんは北沢《きたざわ》きょう先生です。
これまでも華《はな》やかなイラストをたくさん拝見させていただきましたが、今回もファンタジーらしい、綺麗《きれい》でうっとりとしたイラストを描《か》いていただきました。文章をより盛り上げていただいてとても感謝しています。ありがとうございました。

溺愛《できあい》もののファンタジー。異世界の恋物語《こいものがたり》をどうぞ楽しんでください。

サイト名『your songs』
http://chi-co.sakura.ne.jp

神子《みこ》じゃない方《ほう》が、騎士団長《きしだんちょう》の最愛《さいあい》になるまで

chi-co《ちーこ》

KADOKAWA RUBY BUNKO

角川ルビー文庫　22983

2022年1月1日　初版発行

発行者――青柳昌行
発　行――株式会社KADOKAWA
〒102-8177　東京都千代田区富士見2-13-3
電話 0570-002-301（ナビダイヤル）
印刷所――株式会社暁印刷
製本所――本間製本株式会社
装幀者――鈴木洋介

●お問い合わせ
https://www.kadokawa.co.jp/（「お問い合わせ」へお進みください）
※内容によっては、お答えできない場合があります。
※サポートは日本国内のみとさせていただきます。
※Japanese text only

ISBN978-4-04-112193-1　C0193　定価はカバーに表示してあります。

◇◇◇